DU MÊME AUTEUR

JEAN GENET. LES REVERS DU GENRE, Presses du réel, 2010

APRÈS L'AMOUR

Agnès Vannouvong

APRÈS L'AMOUR

ROMAN

MERCVRE DE FRANCE

À Gilles Leroy

Séparées

Ça se passe très vite. Paola me quitte. Je bascule hors d'une zone de sécurité. Je glisse et, déjà, je construis ma défaite. D'avance, je connais le prix de la séparation. L'absence de la peau, du rire, du parfum. Alors j'anticipe et accomplis les gestes de premiers secours. Vite, je me relève, je respire dans la vague, je me rassemble.

Tu claques la porte, tu me regardes comme si c'était la dernière fois. On ne se reverra que chez le notaire. Tu vends tout, dans une apnée convulsive. Tu m'informes par courrier électronique de ta stratégie d'évidement. Tu construis un espace vide où l'air se raréfie. Les meubles seront bientôt trop grands pour nos deux petits appartements de solitude. Ils disparaissent les uns après les autres et déposent sur le parquet une légère trace de poussière. C'est bien connu, la séparation fait fondre les graisses et appauvrit économiquement. Elle dépossède des biens acquis et déprogramme la mémoire affective. Elle laisse sur le carreau, avec une boule d'angoisse plantée bien droit, dans chaque muscle. Tu ne tergiverses pas. Je ne résiste pas. Je suis surprise par la force de ta détermination. Dans ce bras de fer sans corps et sans parole, le royaume de l'affect est banni. Il est un antidote à la douleur. Paola a l'élégance d'attendre la fin de ma thèse pour passer à l'action.

— Je te préviens, j'organise le pot de soutenance. Pour les courses, le ménage et le reste, tu te débrouilleras.

Elle avait tenu sa promesse. Malgré le titre de docteur *ès lettres* qui m'avait coûté une vie de rat de bibliothèque, Paola m'avait quittée pour la bouchère du coin. Dix ans de moins au compteur. Le teint rougi par les chairs animales découpées au petit matin. Derrière les vitres réfrigérées, les doigts sont sanglés de bagues plaquées or. Je m'aperçois de leur liaison un dimanche. La jeune bouchère double le reçu de la carte bancaire d'un billet doux. J'intercepte le message, au milieu d'un nuage de carottes, oignons nouveaux, topinambours, roquette, magret de canard et bouchées à la reine. Le quartier entier se marre, dans la lumière âpre du matin sale. Je suis horrifiée. Dans la boucherie, boulevard Voltaire, les petites vieilles temporisent. Il faut que jeunesse se passe ! Les vieux rient et s'en vont finir leur ballon au bistrot. Je regarde Paola, rougeaude comme la bouchère aux joues rôties.

Paola part sans préavis. Me revient en tête la plaisanterie préférée de mon amie Maggie qui vit à Park Slope, l'extension américaine de Lesbos. Que font deux lesbiennes lorsqu'elles se rencontrent pour la seconde fois ? *Silence interrogateur.* Elles emménagent ensemble. Maggie m'avait rapporté cette blague à l'époque où je partageais sa maison à Brooklyn. Le week-end, on assistait aux matchs de base-ball des équipes féminines. On admirait les prouesses sportives de la *Fem's team*, *Suprem Dyke* ou *TrannyPussy ball*. Dans le public jappait une horde de chiens, au milieu de poussettes d'où sortaient les têtes de bébés inséminés nés sans drame et sans père.

Paola allait-elle emménager avec sa Marie Butch ? Comment pouvait-elle mettre fin à une histoire de dix ans pour cette fille à la chair trop vive ? J'avais rencontré Paola à la faculté des lettres, à Bordeaux. Nous étions libres. Nous avions vingt ans. L'idylle était belle. On faisait l'amour sur la pelouse du campus, à la bibliothèque, dans les escaliers des amphithéâtres. On s'embrassait au supermarché, on échangeait des promesses d'éternité. Naïves, les naïades. Comment pouvions-nous savoir que l'amour ne dure pas toute la vie, façon Hollywood ? On avait vu *Thelma et Louise* au cinéma. Pour autant, les accidents de voiture ne nous faisaient pas fantasmer. Nous, on voulait s'aimer jusqu'à la retraite. On arrivait souvent en retard à la fac, les cheveux mouillés, traînant la même odeur de shampoing. Nos corps, munis d'une boussole imaginaire, se retrouvaient naturellement après les cours. En cas de perte, les amis reconstituaient la cartographie de nos trajets amoureux.

Depuis que Paola aimait ailleurs, son corps parlait pour elle. Elle avait minci. Elle édifiait un nouvel être à coups d'abdominaux, pompes et entrechats. Dans le salon, je la regardais déployer une énergie fascinante. Paola s'électrisait en une vague sexuelle qui la happait comme un trou dans la mer. Elle sortait de ces séances le souffle coupé, la bouche sèche. Paola voulait plaire. À tout prix. Chaque muscle travaillé disait le besoin d'être touché, pris, avalé, ravi, offert.

— Je prends mes affaires. Je me tire. On vend tout.

— Va te faire foutre.

— Je pars.

— Non, c'est moi qui pars. Tu me mens depuis combien de temps ?

Je raccroche le combiné, épuisée. Sur le canapé, au milieu du désordre, une enveloppe. Dans quelques semaines, les murs blancs, les moulures et la cheminée serviront de petit théâtre à un autre couple. Je déchiffre et me contiens :

— Je suis désolée. J'espère qu'on pourra s'en sortir. Tu vas me manquer.

Autant ne rien écrire.

C'est le silence. La nuit. Je me maquille légèrement. J'appelle Jacques. On s'est rencontrés sur les bancs de la fac. C'est mon ami le plus fidèle, le plus ancien. À vingt ans, ses cheveux longs et frisés lui donnaient un air adolescent. Jacques m'emmène boire un verre avec ses collègues éditeurs. Je fais comme si de rien n'était. Je ne sombre pas. Je n'attendrai pas que le bateau coule.

— La force doit être relâchée du corps.

Mon professeur de danse prononce ces mots, à chaque cours. Le corps ne peut tout porter. Il faut apprendre à laisser derrière soi, délaisser, se délester. Paola disparaît brutalement de ma vie. Longtemps, je reste instable, perdue dans la ville. Le vide m'affole et n'a pas d'âge. Je ne dors pas. J'ai perdu du poids. Je fume. Un matin, il est six heures, le soleil rose éclaire La Défense, j'allume une cigarette en activant les feux de la cuisinière. Je m'aperçois que j'avais oublié d'éteindre le gaz. J'ai bien failli exploser avec l'appartement. Je me réveille de ma léthargie. Je fous à la porte la mélancolie. J'ai peur de perdre Paola, mais il est trop tard. Elle est devenue mon impossible. J'agonise dans l'odeur passée de son sexe. J'arrête les traitements chimiques, les psychotropes. Je comble de musique le silence insupportable. Je suis prête. Je sors.

Goodbye Marylou

Nos solitudes se multiplient et nos corps négocient un peu de sommeil dans les décalages horaires. New York, Stockholm, Berlin, Bangkok, Paris, Tokyo, Istanbul, Genève. Toutes ces solitudes technophiles, ces écrans, ces connexions en fibre optique. Un soir, un peu jetlaguée, je me connecte. Je vais sur un site de rencontres que deux amies me recommandent. Je me méfie considérablement, car Jane et Anne sont célibataires, niveau avancé. Elles passent leur soirée à chater avec des filles et ne baisent jamais. Je me gausse, derrière l'écran. Clavier blanc sur fond noir. Je réponds à une annonce. Le website ressemble à un supermarché technicolor. *Fresh market. Fresh food.* On trouve de tout. Mon amie Jane m'a prévenue. Les photos s'alignent. Des visages d'une beauté irréelle ou d'une grande laideur. Parfois, les deux. L'illusoire et la sublimation règnent dans ces nouveaux modes de rencontres. Le virtuel devient cocasse. À la radio, Polnareff résonne à plein tube. *Quand j'ai caressé son nom sur mon écran / Je me tape Marylou sur mon clavier / Quand elle se déshabille / Je lui mets avec les doigts / Message reçu / OK code Marylou.* Merci Michel pour l'avant-propos. Je suis prête. La plateforme est ludique. Je fais défiler les profils. Je joue avec les mots, avec les modes d'apparition et de disparition, les présences fugaces. Les filles s'imaginent différemment ; âge, métier, poids, et parfois sexe. Certains hommes se cachent derrière ces identités à écran plat. Rien de plus facile que de créer une fiche. S'inventer une autre vie. Je n'échappe pas à l'entreprise de fichage. Je me suis transformée en commerciale du cul. Je me spécialise en vente par correspondance. La première difficulté est d'imaginer un pseudo. Je tape ma nouvelle identité fictive, Divine, j'amorce une opération séduction. Accrochez-vous, les filles, on va faire connaissance. Sur les photos, je suis saisie par la diversité des visages et des looks que j'identifie mentalement par famille : lesbiennes à mèches, façon Justin Bieber, lesbiennes *lipsticks*, *baby dyke*, *butch*, *trans*. Je reconnais certaines filles, croisées dans des bars du Marais, après les séances chez mon analyste, rue Saint-Paul. Le Marais est un village, un Disneyland peuplé de Mickeys pédés ou de Minnies sans robe. Je m'y perds toujours un peu. J'aime surtout m'asseoir à une terrasse et contempler des corps sans cintre griffés de la tête aux pieds, des modeuses croquant un falafel, des gays bodybuildés sapés en Fred Perry sortant de l'Usine ou des familles bourgeoises. La géographie du IVe arrondissement me rappelle une typographie sociologique que l'écran agrandit. Je clique. Je chasse. Ça me donne de l'espoir, ça m'empêche de mourir de chagrin.

L'éducatrice

On se parle dans la nuit. C'est ma toute première fois. Il fallait que quelque chose se passe. On se raconte nos vies, nos fantasmes. L'Italienne me rappelle aux premières heures du matin. C'est ma veine de tomber sur un pot de colle. Elle veut me voir et me fixe un rendez-vous dans l'après-midi. Douche. Parfum. Séchage. Crème épilatoire. Maquillage. Inspection générale. Des minutes indécises dans le dressing. Une jupe, un pantalon, les deux ? J'opte pour ma plus belle veste en velours, bleu électrique. Je file rue du Roi-de-Sicile où elle m'attend, les mains sagement posées sur les genoux. Ma veste s'accroche à un clou, près du zinc. Je réprime un cri. Je suis au bord de l'évanouissement.

À quoi devais-je m'attendre ? L'Italienne est triste à mourir. Elle me parle de son métier. C'est interminable. Sa mission est pourtant noble, aider les jeunes filles suicidaires, violées, droguées et les délinquantes junior. L'éducatrice arrête de parler. Je prends ma respiration. L'éphémère conversation glisse vers l'art, Paris, ses richesses culturelles, sa gastronomie, la tour Eiffel, les musées, les expositions. Je parle des artistes que j'aime. Elle m'interrompt, regarde son téléphone, pose des questions, n'écoute pas les réponses. Repose les mêmes questions.

— C'est quoi un artiste pour toi ? Quelle définition donnerais-tu ?

— Je ne sais pas. Et puis, je n'aime ni les questions ni les définitions.

J'écourte la rencontre, le semblant d'intimité. Je paie les verres. On se quitte. Elle répond au téléphone tandis qu'on marche vers Bastille. L'impolitesse me tue. Je ne la rappelle pas. La comparaison avec Paola ne tient pas. Paola la fantaisiste, Paola qui joue la comédie, enchante les foules, charme les critiques de cinéma, distribue son numéro de téléphone, emballe les filles après ses spectacles et pense que je ne vois rien, rentre ma chérie, tu dois être fatiguée, je te retrouve à la maison promis je ne te réveillerai pas. Paola qui excelle dans l'imitation, la parodie, et me fait rire aux éclats.

La Versaillaise

Edwige se fait appeler « Vodka pomme » sur le site. Après quelques échanges, elle m'invite rapidement à boire un verre. Pourquoi refuser ? Je vais au rendez-vous après une réunion que préside notre directrice aux allures de vieille goudou en manque de sexe. Yvonne s'habille en vert ou en bleu, et parfois les deux. Elle n'a pas d'âge. Elle fait partie de ces femmes aux allures de bonne sœur, amnésiques de leur corps. Elle rend la vie insupportable aux autres femmes qui sont en général plus jeunes et séduisantes. Yvonne les surcharge de tâches administratives et de comptes rendus de réunion. Elle s'assure ainsi que l'ennui collectif chemine fermement vers une dépression latente. Chacune moisit dans son bureau, avec un vague désir de se pendre. Je contemple le spectacle de cette femme en lutte avec le monde, vautrée dans un pouvoir de pacotille. On attend tous qu'Yvonne crève. Nul n'a été autant haï à l'Institut. Je valide le programme d'un colloque obscur où personne ne viendra. Peu de gens s'intéressent au groupe de recherche que dirige Yvonne. *A priori*, l'axe de l'unité est interdisciplinaire et transchronologique, mais Yvonne s'en fout. Elle est historienne de l'art, spécialiste de l'Antiquité. Elle méprise les autres disciplines, les autres périodes. Elle a fait sa thèse sur les pantomimes victorieux dans l'Antiquité tardive.

Personne ne comprend son jargon et personne n'ose le lui dire. Elle s'est fâchée avec les derniers récalcitrants et autres momies qui, au colloque à Rome, sur les hauteurs du Colisée, se sont juré de lui faire la peau. Intellectuellement parlant. Yvonne Poutine clôt la réunion sur fond de guerre froide. Je file dans le Marais pour rencontrer Edwige. Cette petite activité sentimentale et sociologique révèle l'excès et la vacuité de la quête amoureuse. Edwige aurait pu être éleveuse de vaches laitières. L'appellation d'origine contrôlée est sa spécialité. Ça vous pose une femme. Dites-moi votre nom et je vous dirai si je peux vous présenter Bonne Maman. Edwige me glisse, dans un souffle lascif :

— Je suis catholique, diplômée de Sciences-Po. J'habite au-dessus de l'appartement familial, à Versailles. Et crois-moi, ce n'est pas discret pour s'envoyer en l'air, l'insonorisation est détestable.

Respiration profonde, moue boudeuse, geste hystérique qui fait frétiller la gourmette or, au-dessus de la tasse de thé.

— Le dimanche après-midi, j'accompagne Bonne Maman aux courses, à Chantilly ou à Longchamp. Je suis bonne cavalière ; j'ai appris à monter avant de marcher. Ah oui, j'oubliais, je suis membre exécutif du prix de Diane. Reine des amazones, voilà, tu sais tout !

Edwige est directe. Elle me prend la main, regarde mes bijoux, mon allure, évalue la valeur de mes fringues. Je reste silencieuse. Ça ne la gêne pas. Je suis son public d'un soir.

— Je t'ai parlé de mon sujet de recherche ? (*Silence prolongé.*) J'écris une thèse sur le rôle de la religion dans le conflit israélo-palestinien. En tant que catholique, mon point de vue est partial. À la maison, on est un brin fondamentalistes, c'est la messe tous les jours, on prie pour la paix et l'amour, mon oncle est au Vatican, mon père est diacre. J'admire la puissance américaine, surtout George W. Bush qui a su mener des guerres utiles pour christianiser le Moyen-Orient. George et la colonisation de l'Irak, George et l'héroïsme en Afghanistan ! C'est autre chose que le théâtral *yes we can*. Obama n'a pour lui que sa couleur et les rêves échoués de Martin Luther King. À Versailles, je connais des gens proches de groupuscules américains *pro-life* et *anti-muslim*. Ils veulent la peau de Barack. Personnellement, je ne suis pas si radicale, juste pro-américaine, pro-Jésus et pro-goudou !

— Il y a un pro en trop.

— C'est très sérieux ! Je ne te cache rien ; tu peux juger sur pièces. (*Silence prolongé.*) Bon, j'avoue, je t'ai googlisé. Ton parcours est intéressant. Toutes ces conférences dans le monde entier... On va chez toi ?

— Je vote à gauche. Je ne couche jamais avec l'ennemi. Je ne peux même pas copiner avec des sympathisants de l'UMP. C'est contre mes principes.

Elle baisse les yeux. À ce moment, précisément, je sens une fragilité dans les paupières qui clignotent plus fort.

— Tu sais, entre la politique et religion, il y a aussi de la place pour le sexe. Toujours pas envie ?

— ...

Elle a l'air déçue. Elle poursuit sa logorrhée avec mauvaise foi. Surgit alors le moment où la charge de racisme ordinaire explose. Le chapitre faits divers et philanthropie.

— On a une femme de ménage philippine et un jardinier kurde. On leur donne nos vêtements usagés, ils les envoient à la famille. On crée de l'emploi, mais il faut constamment surveiller, tu comprends. Mes parents sont vieux maintenant. On a beau avoir de l'argent, faire partie d'une caste, il suffit d'une minute de relâchement et tout fout le camp. Les vols, les crimes, ça arrive si vite...

Edwige sait doser ses effets.

— As-tu déjà participé à la Gaypride ?

— Les luttes LGBT, la politique des identités, c'est bon pour les communistes ! Je n'ai jamais connu l'homophobie. En fait, je suis au fond du placard, donc au-dessus de tout soupçon. L'absence de contrariété est un gage de paix, disait Beau Papa.

Rien ne déborde chez Edwige. Les apparences sont propres, lisses, nettes. Entre le bois de Boulogne et Roland-Garros, la vie a gommé toutes les aspérités. Il ne manque aucun bouton à la chemise, pas de trou dans la chaussette, aucune tache sur le chemisier Cyrillus. Mais à l'intérieur, ça cogne dur, ça bout, ça bouge, ça chauffe.

— J'ai de l'estime pour le parcours de Bush car il a utilisé sans complexe ses réseaux pour accéder à la fonction suprême. Moi, grâce à Science-Po, je me suis connectée aux lobbys gays.

— Si je comprends bien, tu n'aimes pas les ghettos, sauf si ça permet de garnir ton portefeuille.

— On se comprend parfaitement.

L'œil est languide. Je frissonne. Je ne peux pas rester plus longtemps avec une fille qui se fait appeler « Vodka pomme » sur un site de rencontres. Je fais ce qu'il y a de mieux. Je paie. Je pars. Edwige ajuste son col Claudine, son pantalon en velours, boutonne son blouson vert, il s'agit de ne pas prendre froid. Elle serre contre elle son sac Lanvin, il ne manquerait plus qu'elle se le fasse piquer dans le métro par un grand Noir.

Gara75. Cinq minutes virtuelles

Il est minuit. Les visages des femmes se succèdent, dans un défilé de mots et de masques. La séduction opère en silence. Ça zappe, frappe, sonne, mais pas à la porte. Sur des portails virtuels, les rencontres se poursuivent. Les vies amoureuses s'échelonnent sur des tranches horaires. J'ai lu que la durée moyenne d'un couple est de deux ans, emménagement compris. Les filles tombent amoureuses de corps imaginaires, au rythme d'onomatopées. *Whaou, je kiffe, trop, top, cool* ! Certaines relations semblent s'écrire avant la rencontre physique. Tout se joue au bout du clavier et sur la photo des postulantes à l'amour. Dans un royaume où les mots sont rois, la publicitaire ou la femme de lettres a toutes ses chances. J'ai changé trois fois ma photo de profil. Je choisis d'abord un portrait avec les cheveux plus courts. Aucun succès. Puis une photo où je suis à South Beach, lunettes noires, cheveux au vent. Deuxième échec. Enfin, une photo en noir et blanc, prise chez moi, à l'angle du miroir et du canapé. Façon Woody Allen. Avalanche de messages.

Il est toujours minuit. Je ressemble à une créature cyborg, reliée à son ordinateur, le téléphone dans une main, un verre de vin dans l'autre. Tout à coup, écrasée de solitude, j'ai un doute, une angoisse nocturne. L'amour se rencontre-t-il encore au coin de la rue ? La vraie vie est-elle virtuelle, dans la Toile, sur les réseaux sociaux ? Les mails à la place des lettres, les SMS pour les télégrammes. L'immédiateté. On claque des doigts. On peut tout avoir. Des vêtements plein les armoires, à peine essayés, des billets d'avion électroniques. Tout est à disposition. Quand commence l'histoire ? Que se joue-t-il derrière l'écran ? Les doigts basculent en azerty ou en qwerty. L'imagination s'emballe. Et souvent, la déception du corps réel.

Ma vie est devenue cybernétique. Je suis dans un déplacement permanent, entre Hôtel-de-Ville et Bastille. Au milieu, le Marais. J'ai rendez-vous dans un café, au cœur de Paris. Je m'installe à la terrasse de L'Étoile manquante. Je regarde les filles passer. Je rêve, partout. À la bibliothèque des Beaux-Arts, à la BPI. Dans le bus. À la boulangerie. La non-action est action. Garance arrive. Taille moyenne. Menue. Cheveux frisés abondants, mèches blondes. La peau délicate, une légère odeur de talc. Garance est danseuse. Elle a un charme fou. Déjà, je regrette mon rendez-vous au théâtre du Rond-Point, dans une heure, quelle idée d'aller voir un spectacle en matinée. Il commence à pleuvoir. On reste sur la terrasse, abritées sous le bec de gaz. On s'observe. Les lèvres fines m'hypnotisent. J'ai envie de l'embrasser et de caresser la peau du cou. Je ne parviens pas à deviner son corps, sous le pull, le gilet, la veste. Le lendemain, elle m'invite à prendre le thé, à deux rues des puces de Saint-Ouen. Elle ouvre la porte, prend ma veste, demande doucement, un *chai cinnamon spice*, ça ira ? Ses mouvements débordent de tension sexuelle. Il est absolument impossible de résister. On s'embrasse. La langue dans la bouche. Le regard qui s'agrippe. Les lèvres léchées. Le rire dans le regard. Le bleu des yeux. Les mains suspendues. Les corps chavirent. Le temps s'est tiré. Nous ne sommes plus à Paris. C'est un appartement à Berlin, à Londres à Lisbonne. Je suis dans un lit. Presque nue. Au bord de la jouissance. Elle aussi. Déjà, j'ai envie de la revoir. Le soir approche. Elle me plaît toujours autant. La couleur des yeux change, selon l'éclairage. La nuit venue, elle m'étreint encore, je la serre dans mes bras. Nous sommes deux étrangères. Seuls nos peaux et nos corps parlent. Le lendemain, je rentre chez moi et veille à conserver mon rythme, garant de ma survie. Faire du sport, prendre une douche, me changer, répondre aux messages, aller travailler. Je n'ai pas lâché prise depuis cent ans. J'écoute le son de ma respiration. Comme au yoga, sur un rameur, au jogging. Inspirer. Expirer. Et si ce n'était qu'une aventure ? Trop tard, je me suis laissé embarquer.

La femme de Saint-Ouen

Garance vient chez moi, la nuit. Après ses représentations à l'Opéra, elle monte les sept étages du boulevard Beaumarchais et sonne, essoufflée. Je lui tends un verre d'eau, je la regarde boire. Les flammes de la cheminée crépitent. On tire les rideaux. Elle jouit. Elle dit :

— C'est bon de faire l'amour en hauteur. J'aime ton septième ciel.

Une nuit, je me rends chez elle. On va voir un film au Studio 28. Le cinéma est beau, avec une atmosphère aux tons rouge et diam's. C'est un lieu historique, préservé, j'aime le jardin, l'immense lustre. Le lieu porte la trace de Jean Cocteau. Le froid a déposé une plaque de glace sur la ville. Bus 95. La station de bus ressemble à un décor de film de guerre. Un canapé défoncé, des chaussures, de vieux vêtements, des détritus indéterminés jonchent le sol. La scène pourrait se passer à Beyrouth, à Tel-Aviv, après un attentat, ou en ex-Yougoslavie. La rue Damrémont est un bras de mer qui prolonge Paris vers Saint-Ouen. Avant de retrouver l'appartement de Garance, je franchis une grande porte en bois, puis une cage d'escalier décrépite. Sur le guéridon, des manteaux, des pulls, des sous-vêtements. Il n'y a pas d'hiver avec Garance. Je couche avec Boucles d'or, son corps chaud, sa peau laiteuse. Elle a préparé des lasagnes, on sent l'odeur dans le couloir, au premier étage. À peine le temps d'ouvrir la porte, j'entr'aperçois les yeux bleus. Ni feu ni glace. La lumière du dehors filtre derrière les rideaux. Un temps de neige. Elle a mis trop de fond de teint. Dessous, une peau diaphane, un peu abîmée par le froid. On déjeune. Après le dessert, un paris-brest léger comme l'amour, on s'embrasse. Ses yeux à quelques centimètres à la verticale. Les lèvres sèches, un peu craquelées. La peau souple, le corps svelte. Les fesses dures. Les seins, comme une cascade à étreindre. On fait doucement l'amour. Une vague m'emporte. Une lame. Une onde de choc réactive une mémoire corporelle, sensorielle. Je pense à mes trente ans. Je pense à la jouissance. Elle suce mes seins. Sa main ferme dessine une figure perpendiculaire avec mes jambes. Elle caresse si bien. Elle entrouvre ma culotte en dentelle noire, laisse un passage aérien, introduit sa langue, se promène dans une région du désir où je me perds, mes angoisses s'envolent. Le sol se dérobe. Le rideau reste calme. Derrière, le square d'enfants. Il est quinze heures. Je jouis. Je m'empare de ses fesses. Je la chevauche. Elle retourne doucement la tête et mange ma bouche. Langue contre langue. Violence. Urgence du désir. Jouir. Se sentir vivante. Mouillée. Elle imprime son corps contre le mien. J'aime ce poids. Je la serre. J'ai envie de lui dire les mots de l'amour, mais ce n'est pas ce que je suis venue chercher à Saint-Ouen, en acceptant ce déjeuner. Elle prépare un thé japonais, à la poudre de riz. On converse. On s'embrasse. Elle sourit.

— Tu es comme ton père, tu as ton plan cul à Saint-Ouen.

Elle assène des vérités à coups de massue. L'air de rien. Il y a vingt-cinq ans, mon père avait une liaison, à quelques pas de la rue Lécuyer. Quel choc de passer des rues grouillantes de Bangkok à cette ville ouvrière ! Aujourd'hui, je franchis le périphérique en voyant sans doute les mêmes paysages que mon père, les mêmes bâtiments laids, le bitume sale, la crasse. Je repars. La nuit se lève sous une tempête de neige. Un ciel rouge. Le Sacré-Cœur comme un brise-lames. Sur la ligne 13, mon téléphone gémit, prolonge la douceur du moment, trahit l'âpreté du désir. Un message de la femme des quartiers nord de Paris :

— Merci pour le paris-brest et pour les préliminaires.

Doses d'amour

Elle dit :

— Je ne suis qu'un corps. J'aime ta peau bronzée, chaude. Tu es mon extrême altérité. Yeux bleus. Cheveux noirs. Yeux noirs. Cheveux blonds.

Elle dit :

— Regarde-nous, regarde comme on est bien, comme je te touche, comme je te caresse. Pourquoi se demander si on s'aime ? Si tu as besoin de verbaliser ton amour, le mien passe par le regard. Te voir me suffit.

La belle affaire.

Week-end à Rome

Garance vit dans un appartement aux objets hétéroclites. Un canapé vert crapaud *fifties* chiné dans un dépôt vente, une lampe marocaine, une photo de son chien sur la cheminée prussienne, un abat-jour sans âge. Garance vit dans le bordel, au milieu de travaux qu'elle ne finit jamais. Partout, les bidons de peinture, les plaques d'isolation, les chutes de moquette. La cuisine minuscule cultive des airs de Beyrouth. L'épluche-légumes au milieu des verres à vin, l'argenterie et les verres en plastique. Le garde-manger regorge de conserves de fricassées, des fruits et légumes, clémentines, grenades, poireaux, potimarrons, citrons, anis étoilé, huile d'olive extravierge, fleur de sel, chips, gousses de vanille. Le désordre contraste avec l'image stéréotypée des danseuses éthérées au chignon impeccable. La vie avec Garance est faite de surprises. Les déjeuners improbables dans les maisons de campagne prêtées par des amis, les virées dans un ancien moulin appartenant à une cousine éleveuse de chèvres, l'amour en Toscane, les retours nocturnes dans une banlieue aux allures de fin du monde. Au pied de l'appartement, les détritus au sol, les marchés sauvages où on dégote des miroirs Renaissance volés dans les beaux quartiers. Que fait cette fille dans ce foutoir ? Descendante d'une ancienne noceuse parisienne et d'un énarque, Garance est un caméléon. Sa garde-robe porte les traces d'une grande capacité d'adaptation. Rien n'est trop radical pour elle. Elle est vêtue d'une doudoune noire qui lui donne l'allure d'une danseuse hip-hop. Un soir, après un dîner avec ses amies d'enfance, elle débarque en jupe portefeuille et veste versaillaise. Les autres jours, c'est jean, baskets multicolores, pull H&M râpé ou bien cardigan en cachemire. Déglinguée ou élégante, Garance est exquise. Garance est lunaire. Son corps mince et transformable me plaît. Mon plaisir tient à la montée progressive de son désir. Elle jouit. Son cri explose mes tympans. Je suis éberluée d'une telle prise. Le dimanche matin, elle m'emmène parfois prendre le petit déjeuner dans un rade de Saint-Ouen. On avale un petit crème et un croissant, parmi les maraîchers qui ont déjà attaqué les rillettes et le verre de rouge. Les habitués taillent la bavette avec Josée, la patronne qui tient le bar depuis vingt-trois ans. Elle rouspète après une espèce qui a fait son apparition quand les usines ont fermé et qu'on les a vendues par parcelles de cent mètres carrés. Derrière les briques rouges, des lofts ou des ateliers d'artiste. On se croirait à Brooklyn Heights. Les couples bobos ont quitté la Petite Couronne et gênent maintenant l'entrée du bar avec les poussettes. Les marmots habillés chez Bonpoint piaillent au milieu des cagettes. La France cohabite.

Un jour, on voyage ensemble. Je donne une conférence à la Villa Médicis. Garance rêve d'Italie. Elle décide de faire le voyage. On se promène dans les jardins aux heures chaudes de la nuit. Je fais acte de présence au colloque le matin, puis m'échappe au déjeuner. Garance me donne rendez-vous au marché central. Elle déniche de petites gargotes bien achalandées. On s'achète des ceintures vintage et des glaces. Il fait très chaud, Garance visite le Colisée. De retour à la Villa, je m'ennuie ferme et sèche la fin du colloque.

Après le déjeuner, la plupart des intervenants, vieux et rabougris, somnolent. Puis ils se réveillent, émoustillés par la voix d'une jeune collègue qui remplit l'espace. À leur retour, ils s'exclameront sur la qualité des interventions, la beauté de Rome et ses rues pittoresques.

Je marche seule dans la ville, traverse la place du Vatican, croise la fontaine de Trévise. Me revient en tête mon premier séjour avec Paola à Rome et à Sienne. J'ai un haut-le-cœur. Je me souviens de la Mini Austin, prêtée par son frère. La radio à fond. La course, les sens interdits pour ne pas rater la bénédiction de Jean-Paul II. La crise de fou rire, place Saint-Pierre, quand apparaît la gueule du vieux travesti sur écran géant, en robe blanche et souliers vernis. Les balades en Vespa, à l'heure de la sieste. La beauté et la chaleur de Rome. On était si bien, Paola.

De retour à Paris, je quitte Garance. Officiellement, je pars parce qu'elle est trop désordonnée.

— Mes yeux ont besoin d'ordre. Tu es trop bordélique et fragile.

— Tes déclarations, ton regard de biche, quelle comédie ! Tiens, madame la conférencière. Tu ne l'auras pas perdue, celle-ci.

Je reste coite. Garance n'est pas Paola. Comment voyager avec une danseuse qui s'épuise après deux heures de promenade dans les rues de Rome ? Moi, je veux rencontrer une fille tout-terrain. Pas un électron libre qui brasse un air poétique et légèrement triste. Garance ne s'excuse pas de la gifle et poursuit, froidement :

— Quand on trouve l'autre, on tombe d'amour. Mais n'est-ce pas un état où l'on se tient hors de soi ? Hors de portée de l'autre. On reste enfermé avec soi-même, captif de sa prison imaginaire, comme une abeille encerclée par des alvéoles douloureuses.

— Je ne suis pas celle qu'il te faut. Je suis un cœur saignant, une viande non baptisée, non sanctifiée. Pour l'instant, je garde cette viande qui me tient lieu de cœur. Un jour il battra pour de vrai.

— Je n'ai jamais adhéré à ton numéro cynique. Il paraît que les femmes sont des papillons. Moi, je suis une fleur, une petite chose fragile avec des ailes qui grandissent. On peut facilement m'écraser. Je m'accroche à mon métier de danseuse car j'y crois encore. Contrairement à toi, je peux être dans une relation, je n'ai pas peur de l'engagement. Mais j'ai aussi besoin de mobiliser mon énergie pour me consacrer à ma carrière. Quand je t'ai rencontrée, j'ai su aussitôt que j'allais avoir le ventre noué, j'ai su que tu ne resterais pas. Tu n'aimes personne et tu aimes tout le monde. Tu vas partir, retrouver ta vie. Lorsque je vais penser à toi, tout me sera insupportable, l'idée que tu puisses en aimer une autre, emménager avec elle, avoir un enfant. Je ne supporte plus la jalousie qui écrase chaque pore de ma peau et bouffe les cellules de mon cerveau. Tout compte fait, je te remercie de me quitter.

Un homme pauvre

Mon père était un homme pauvre, à moins que ce ne soit un pauvre homme. Je le retrouve dans la ville où je suis née. Dans un souvenir d'enfance, mon père est inséparable d'une mystérieuse mallette en cuir marron. Mes mains d'enfant veulent l'ouvrir. Elle reste obstinément close et devient l'objet de toutes mes convoitises. J'imagine des trésors, des bonbons, une pluie de Carambars et de chocolat. Mon père ne m'a jamais permis d'ouvrir la boîte magique. Quand je le revois à l'aéroport, il me semble plus grand que dans mon souvenir. Sur les photos Kodak aux couleurs saturées, légèrement délavées depuis les années quatre-vingt, il porte une moustache fine, comme le roi de Thaïlande. La moustache a disparu, de même que la mallette en cuir, remplacée par un porte-documents vert. Entre mon père et moi, un long silence, une enfance laissée en points de suspension.

Mon père vit dans une ville bruyante. Partout, les tuk-tuk, les motos, les taxis. Entre Democraty Monument, Wat Phra Kaeo et Wat Po, les cantines de rue, la vie explose dans chaque artère de la ville. Bangkok m'excite comme New York. La vie ne s'arrête jamais, on peut boire et manger à toute heure du jour et de la nuit. Mes plus beaux décalages horaires sont en Asie du Sud-Est. Je me lève à cinq heures du matin, j'entends les coqs, le tintement des marchands de soupe, la langue d'avant la naissance, les mots oubliés, mélangés à la langue française.

Mon père vient me chercher à l'aéroport. Je l'aperçois dans la file d'attente, juste après la douane. Il est habillé d'un pantalon marron, d'une ceinture élimée, d'un polo rouge, d'une veste sportswear à liserés blancs, d'un faux Lacoste. La peau sombre, le nez large, les yeux de chien battu qui s'animent lorsqu'un sourire frôle les lèvres, le même air de poupon que deux ans plus tôt. Cette fois, il n'est pas venu avec sa femme. Il sourit, s'empare de ma valise. Dans un français rudimentaire et lapidaire, il m'explique que nous allons prendre le métro. Je suis le vieil homme dans les méandres de l'aérogare moderne. Le métro est extrêmement propre. Mon père paie les billets vingt-cinq bahts, le prix d'un café à Paris. On s'arrête cinq stations plus loin. Un ascenseur nous propulse sous le soleil de Bangkok. Juste avant la fermeture des portes, deux jeunes lesbiennes s'engouffrent dans le réduit. Elles rient et se tiennent par la main, je suis frappée par leur jeunesse, leur liberté. L'une d'entre elles ressemble à un *tomboy*, avec la dernière coupe de cheveux à la mode, le pantalon ajusté et la ceinture qui va avec. Mon père et moi sortons. Il se dirige vers une station de taxi. Je lui ai apporté une bouteille de champagne. Sa femme a englouti les truffes achetées au *duty free*. Elle pousse des cris de plaisir à chaque bouchée. Durant ces deux jours, je ne peux me résoudre à offrir quoi que ce soit à mon père. Je lui garde une solide rancœur. Celle d'avoir laissé ma mère nous élever seule. Lui menait grand train à Bangkok et à Paris. Je suis incapable de rester chez lui plus de deux jours. Il vit dans une grande maison coloniale, mal entretenue. Je dors dans une chambre aux murs sales, sur un tatami. Vers vingt-trois heures, les moustiques me réveillent, la litanie de prières bouddhistes résonne dans mes oreilles. La nuit suivante, je lève le camp, je dors à l'hôtel, à quelques rues de là. Mon père ne m'a jamais rien apporté. Tout juste a-t-il incarné une vague image de père. En guise de cadeau, il me donne une lampe de poche qui fait également office de briquet. Quelques jours plus tard, dans une chambre d'hôtel, au milieu de bagages défaits, je perds la fiole d'essence et jette l'appareil devenu hors d'usage.

Lorsque mon père ouvre la bouche pour répondre à mes questions incessantes, je ne peux m'empêcher de douter des paroles qui construisent sa mythologie personnelle. Selon les jours, il est soit vêtu d'habits misérables, soit habillé d'un costume bleu nuit assorti d'un polo rose. J'aurais aimé qu'il vienne me chercher endimanché à l'aéroport. J'aurais aimé que mon père soit quelqu'un d'autre. Un homme parlant parfaitement le français ou l'anglais. J'aurais aimé dialoguer avec lui dans un thaï impeccable. Rien de tout cela. Il sort de nos bouches des sons monosyllabiques ou bisyllabiques. Des mots sans chaleur. *Oui. Non. Bien manger. Tu veux. C'est bon. Ce n'est pas bon. Pas bien. Meilleur.* Notre langue commune est le regard. Je remarque que nos yeux et notre dentition sont semblables. Ça me trouble. Comment puis-je ressembler à cet homme à qui tout semble m'opposer ? Le langage ne constitue pas le seul fossé culturel. Il y a aussi notre façon de vivre, mon goût pour la propreté qui contraste avec le bordel de sa baraque, son amour des chiens que je ne peux souffrir, son manque de perspectives. Il a soixante-douze ans. Il achète mille bahts des dauphins masseurs en plastique et les revend trois fois plus cher. Mais qui peut bien vouloir de ces horreurs ? Il se procure des bouteilles de whisky à la frontière du Cambodge et les écoule à Bangkok. Après une vie fastueuse, il vit de trafics, d'expédients. Le dernier jour, on a rendez-vous à dix heures à l'hôtel. J'ai mis le réveil, à cause du décalage horaire. Dans l'ascenseur, je sais qu'il ne viendra pas. Je n'attends pas et le fais appeler par la réception. Il est encore chez lui. Il me dit qu'il va sortir et prendre un taxi. Je l'invite à déjeuner, avant de rentrer à Paris. Au *food center*, les assiettes remplies, je lui demande pourquoi il n'est pas venu de lui-même.

— Tu aurais pu faire un effort, j'habite à douze heures d'avion.

— On avait rendez-vous entre dix heures et onze heures. J'étais occupé à nettoyer ma maison.

Je sais qu'il ment. J'en ai l'intuition, à la seconde où je vois le hall vide. S'il avait été un bon père, il m'aurait attendu à la réception, il serait monté dans la chambre dont il avait noté le numéro sur la carte de visite. Combien de temps l'aurais-je attendu ? Mon père est un homme égoïste. Lorsqu'il vit à Paris, son épouse reste en Thaïlande et lui envoie de l'argent. Elle est promoteur immobilier, elle vend et loue des terrains. Lui est un enfant gâté. À Paris, le personnel de l'ambassade thaï s'entiche de lui. Sur les photos des albums, on le voit poser, jeune élégant, avec monsieur l'ambassadeur ou dans les appartements privés d'un professeur de la Sorbonne. Il a suivi des cours d'études politiques et d'économie à l'École pratique des hautes études. Fier, il me montre sa carte d'étudiant. Comment puis-je ne pas le croire? Tout s'embrouille dans mon esprit. Le faux, le vrai. Ma mère me prémunit contre toute déception. Elle déroule des phrases, je retiens des mots. Imposteur, voyou, faux père, faux mari, faux jeton. Qui est mon père et qui suis-je dans cet abîme de fiction qui trouble ma filiation?

Une nuit dans les étoiles

— Tu fais le code. 38B06. Tu introduis un ticket de métro dans la fente, à côté de la sonnette. Et si ça ne marche pas, appelle-moi.

Je traverse Paris, m'engouffre dans le métro, ligne 2, direction porte Dauphine, remonte la rue des Abbesses, emprunte la rue Lepic, passe le cimetière Montmartre, achète un bouquet de roses, plie un ticket de métro en guise de passe, ouvre la porte blindée, monte les six étages sans ascenseur, sonne. Elle m'ouvre, voit les fleurs, me sourit. Paola et moi, comme dix ans en arrière. Elle me fait entrer. Elle a allumé la cheminée. L'appartement haut perché offre une proximité avec les étoiles. Paris et la banlieue ouest ressemblent à un océan de bitume. La tour Eiffel clignote toutes les heures, comme une demande d'amour. Paola a cuisiné mon poisson préféré, une sole meunière. Tandis qu'elle prépare les assiettes, je me tiens près de la cheminée et m'émerveille pour la dixième fois de la beauté de son intérieur. Je me blottis contre elle. Je la serre fort. Paola mange. Je la regarde dévorer. Je fixe l'instant. Paola contemple les flammes dans la cheminée. Elle a préparé du tilleul, cueilli dans l'arbre de son grand-père, au Portugal. Le dîner est arrosé de larmes. Je la prends dans mes bras, elle pleure. On passe la soirée à ça.

— Je peux dormir là, ce soir ?

— Si tu veux, mais on ne fait pas l'amour.

Elle s'isole dans la cuisine et passe un coup de fil. Elle a rencontré une autre fille, depuis la jeune bouchère. Paola décommande sa soirée.

— Oui, je viendrai demain après le stage. Oui, tout va bien, ne t'inquiète de rien.

La voix est posée, sans impatience ni crispation. Je retrouve Paola allongée sur le petit canapé rouge dans le salon, au coin du feu. Elle a les pieds nus, les joues rouges. Je me déshabille devant elle. Comme je l'ai fait pendant une décennie. Elle sourit. On se réfugie l'une contre l'autre. C'est d'une douceur infinie. On pleure l'intimité retrouvée. Nos corps se serrent fort sous quatre cents grammes de couette en fibre hypo-allergénique. On ressemble à un nuage. Je l'embrasse. Des baisers tendres et rapides. Paola touche ma peau, reconnaît la texture, frissonne. On parle la langue de l'amour, sans pour autant faire l'amour.

Elle dit :

— Depuis la séparation, je suis devenue l'ombre de moi-même. Celle qui quitte a toujours le mauvais rôle. Je ne me plains pas, mais pourquoi ai-je toujours envie de pleurer ?

— Quand on était ensemble, je ne comprenais pas

combien je t'aimais. Je ne savais pas quoi faire de cet amour. Il m'étouffait.

Le soleil nous réveille. Il est onze heures. J'ai raté tous mes rendez-vous. Paola a appelé son travail pour prévenir de son absence. Au petit déjeuner, on se régale de tartines grillées au beurre salé et à la confiture d'abricots. On a le regard de l'amour. Après des mois de guerre silencieuse, elle dit :

— Quand on reviendra ensemble, si on revient ensemble, je veux un enfant avec toi, un bel appartement, et t'aimer pour la vie.

L'amour temporaire, Paola connaît bien. De mon côté, je suis spécialiste de l'amour au conditionnel. Je souris, je ne lui en veux pas d'être partie pour la bouchère. Elle ou une autre, peu m'importe. J'écarte mes mauvaises pensées. Je la serre dans mes bras, une dernière fois. Paola, la pleureuse d'entre minuit et midi, me glisse :

— Dis, on dormira encore ensemble ?

Double amour

— Mon cœur laisse passer trop d'affect.

— Alors méfie-toi de ton cœur.

— Je n'ai jamais suivi ma raison, alors je me mets dans des nœuds impossibles.

— Et toi, comment y arrives-tu, avec ton double amour ?

— Mon double amour me rend schizophrène. Mon double amour me déchire. Je veux redevenir une.

Bain

Le corps lâche, les larmes explosent hors de moi. Elles perlent dans le bain, incontrôlables. Elles surgissent, d'une simple image, tiédissent l'eau brûlante, plus fines que les gouttes d'huiles essentielles, ylang-ylang. Je vois mes jambes. En transparence, la main de Paola tapote l'eau. Elle est là, comme hier. Elle entre dans la salle de bains, souriante. Elle dit :

— Ne t'inquiète pas, ne t'inquiète de rien, tout ira bien.

Elle dit les mots de l'amour, qui font le cœur léger. L'absence s'acharne, creuse des sillons aux coins des yeux. L'eau me noie, le temps aussi. Le bain se transforme en nid d'angoisse. Paola, ton geste vague. Que veux-tu saisir sous l'eau, ma main, ma jambe, mon cœur ? On n'arrête pas un bain lacrymal.

— Je ne t'aime plus. Tu comprends ça ?

Paola vomit la phrase, la grenade m'explose à la figure, quelle violence. D'un geste de la main, sec, terrible, je lance ses affaires dans l'appartement.

Elle se baisse, pleure. Je me réveille, en larmes.

Généalogie d'une névrose

Il est 23 h 57. Je suis seule, un verre de vin à la main, le feu crépite, quelle chaleur, c'est la campagne à Paris. La sonnerie du téléphone. La voix de Paola. Je pourrais raccrocher. Mais comment résister quand elle ouvre si fort la soupape de sécurité ? Elle doit parler. Je me tais. J'écoute.

— Je ne veux pas être objet, je veux être sujet. J'éprouve ma solitude, je fais sans toi. Hier, j'ai acheté un billet pour Málaga. Le plus éprouvant dans tout ça, c'est se défaire des habitudes, la présence, l'odeur, le quotidien, les courses au supermarché, les repas, le vélo dans Paris, les vacances, les discussions après un spectacle. Ce qui me manque le plus, c'est le sens du mot *commun*. Pendant des mois, j'ai renoncé à la musique, banni la radio, les disques. La musique est devenue une antireligion, à cause du lien à l'autre. *Religere*, relier, lier. La musique me fait penser à toi. J'allume la radio, Dalida, je pense à toi, au yoga, Erik Satie, je me liquéfie. Quand on est connectée à une âme pendant dix ans, on a le temps d'inventer une histoire commune. Sais-tu comment on détisse les liens ? Ça commence comme une désintoxication alimentaire, on repeint les chiottes, la salle de bains. Fais-moi confiance, ça fait maigrir, ça affine, ça fait mal. Croire en une idéologie empêche de mourir. Ma foi à moi, c'était toi. Née à Bangkok, exilée, petite chose, comme un trésor trouvé, la peau dorée par le soleil des tropiques. Je me suis reconnue dans ton histoire. J'ai passé mon adolescence dans les livres, pour oublier l'ennui. Mes parents ne lisaient pas. Lui travaillait au chantier. Elle était femme de ménage. J'ai grandi dans une atmosphère étouffante, entre mes copines du lycée, chez qui ma mère faisait les ménages, et la maison. C'est à cette époque que la fissure a commencé, un dédoublement schizophrénique, un décalage social. Je voulais ressembler à mes camarades, avoir des vêtements de marque, un scooter. Pour me payer une fringue, j'allais chez Emmaüs ou bien je faisais des heures de baby-sitting chez les patrons de ma mère, je gardais les frères et sœurs de mes copines. La chaîne de l'assujettissement opère très jeune. Je n'avais qu'un rêve. Partir. Quitter la ville de l'enfance, les duperies, le regard maternel qui surveille le corps, les premiers signes sexués. J'ai dû me battre pour tout, même pour aller à l'université. Mes parents voulaient que je gagne ma vie. C'est ça le souvenir de ma première résistance. Je me suis construite sur le refus. Contre ma mère. *Mater* patriarcale. À vingt ans, elle voulait me marier à un type, un universitaire qui vivait à Coimbra. Dix ans de plus que moi. On partait chaque été dans notre maison, au Portugal. Terres rudes, arides, amères. Le pain de farine, jaune, tient bien au corps. Le vin a le goût sauvage des montagnes écrasées par le soleil. À douze ans, je lisais Camus et Sartre. Je m'identifiais à Meursault ou bien à Jean sans terre. Tu comprends, le tourbillon identitaire entre deux pays ? L'un riche, l'autre pauvre. On était des rois dans le Sud, des misérables au Nord. Quand on arrivait au village, ma mère donnait. Tout ce qu'elle pouvait, elle le distribuait. Elle arrivait avec des sacs de vêtements Emmaüs, d'autres récupérés chez ses patrons. Les femmes du village en Gucci, Hermès et Cyrillus, tu imagines ? Ma mère offrait aux amis des plateaux de fromages français. On se baignait dans la rivière, gelée malgré la canicule. Avec mon père, on faisait griller des sardines et des pommes de terre, sous la tonnelle. On préparait des petits pains de maïs beurrés. On était heureux. Et puis j'ai grandi et je suis partie. Je t'ai rencontrée à la fac. On confond souvent attachement et amour. Avec toi, c'était confus, mêlé. Je quittais ma mère pour toi, en quelque sorte. J'ai dû apprendre à me construire sans mère, sans père. Depuis la séparation, je fréquente les aéroports, je vis au-dessus de mes moyens. Orly. Charles-de-Gaulle. Tout mon fric y passe. Je pars dans des villes étrangères, des pays inconnus. Budapest. Berlin. Salamanque. Prague. Amsterdam. Je jette des affaires dans un sac, prends mon passeport, de l'argent liquide, je marche dans les villes, je me vide la tête, je pleure dans des hôtels improbables, je vois des têtes nouvelles. C'est bizarre, ce Noël sans toi.

Ces corps-là

Je rencontre Gisèle pour un entretien sur les pratiques sadomasochistes. Je prépare une série de conférences à l'Institut sur le discours de l'amour et les pratiques corporelles à l'époque contemporaine. Je demande à la célèbre et sulfureuse prêtresse SM si cette pratique sexuelle est aussi répandue dans la bourgeoisie que dans les classes populaires. À la lecture du *Carnet noir*, je lui envoie un mot pour convenir d'un rendez-vous. Je veux la voir dans son environnement en Normandie et visiter le fameux donjon. J'aimerais découvrir les arbres que son mari a plantés dans le parc. L'entretien se déroule dans la salle de réception aux murs tapissés de glaces, puis dans le petit salon où se consume un feu de cheminée. La rencontre est délicieuse. On boit du vin. Elle m'interroge sur ma conférence. L'idée m'en est venue d'un cours donné par Foucault, alors jeune lecteur à l'université d'Uppsala. Longtemps, j'ai cherché ce texte, sans parvenir à le retrouver. Gisèle me parle d'un Foucault assez timide avec les femmes. Elle le rencontre lors d'une soirée où elle fait aussi la connaissance d'Hervé

Guibert dont la grande beauté l'a marquée. Foucault avait parlé à tout le monde, sauf à elle, seule femme de l'assemblée. Ça l'avait vexée. De Foucault, elle répète ce que disent les livres d'Hervé Guibert. À la mort du philosophe, on a retrouvé dans l'appartement de la rue de Vaugirard des instruments destinés à ses pratiques sexuelles, veste en cuir ouverte, minishort à clous, combinaison en latex, accessoires pour bondage, poppers. Lors de ses séjours à San Francisco dans les années soixante-dix, Foucault avait fréquenté l'anthropologue *queer* Gayle Rubin, ethnographe des milieux sadomasochistes. Elle l'avait introduit dans le milieu. Gisèle me demande si j'ai lu *Les Catacombes, temple du trou du cul* de Rubin. Je comptais justement partir d'une lecture croisée de Rubin et Foucault pour introduire Hans Bellmer, Jacques-André Boiffard, Hermann Nitsch, Otto Muehl, Günter Brus, Robert Mapplethorpe, Pierre Molinier.

— Puis-je voir la chambre de tortures décrite dans votre livre ?

— Vous pourrez voir le donjon, ma chère, à condition de participer à nos rituels.

Le ton est ferme, infiniment cordial. Au-dessus des lunettes, le regard bleu s'intensifie quand elle rit. Je décline l'offre. Dans sa maison perdue en Normandie, Gisèle échoue à m'initier au SM. Quelques jours plus tard, elle m'invite à une séance d'observation, à Paris. La romanesque petite dame me donne rendez-vous sur les quais de Seine pour une cérémonie très particulière.

— Je vous présente Joyce, mon amie et esclave sexuelle.

La ravissante femme s'ennuie dans les beaux quartiers et préfère les nuits coquines du club « Cris et chuchotements ». Gisèle et Joyce forment un duo fantasque, inattendu. Gisèle scénarise chaque séance. Le corps de Joyce sert d'objet d'expérimentation, avant la réalisation des grandes scènes de groupe. Aucun détail ne lui échappe, pas même le plaisir. Le sadomasochisme est une pratique intellectuelle qui requiert un sens de l'écriture, une maîtrise de la scénographie. Le temps d'une nuit, je deviens voyeuse, mon Leica au cou. Les parois des quais en pierre blanche abritent le dispositif de leurs frasques. Les bateaux avancent, munis de projecteurs puissants. Sur les berges et sur l'eau naît une scène de théâtre éphémère. Les passagers forment une foule aquatique, on se targue d'avoir un public de touristes. La culture pour tous ! Ils glissent. Ils regardent. On voit leur gueule éberluée. La distance et la Seine sont des remparts. Les spectateurs ne peuvent ni intervenir ni toucher les corps. Pris dans une mécanique voyeuriste, ils deviennent des personnages de fiction. Ils n'ont aucune prise. C'est inédit. Les inconnus sont actants d'un tourisme sexuel. L'éclairage illumine les bâtiments classés de la Rive gauche, puis se dirige pleins feux sur les corps dénudés. Sur l'autre rive, derrière le bras d'eau, l'Académie française nous regarde. La maîtresse de cérémonie a dégoté pour la soirée une femme très belle. Elle a les yeux bandés. Une dizaine de femmes lui donnent de petits coups de badine, la pression aléatoire accentue les cris. Elle est ensuite léchée de la tête aux pieds. Le cercle féminin l'entoure, lui colle des claques sur les fesses, caresse la peau superbe, dispose sur les tétons un instrument de torture et de plaisir, une pincette en fer qui arrache à la jeune beauté des cris rauques. La scène continue. Mon regard dévie sur une grosse femme blonde, à bord d'un bateau. Elle est témoin de la cérémonie, sans y avoir été invitée. Sa bouche grande ouverte traduit la surprise. La salive qui s'échappe des lèvres dit-elle l'envie ou le dégoût de l'extrême intime ? La scène, tenue secrète dans l'espace de la nuit, marque la fin d'une chasse. Il y a une heure, la proie a été lâchée dans un jardin de la ville. Les autres l'ont capturée, déshabillée, tourmentée. Le jardinier en chef, grand admirateur de Gisèle, lui a prêté le lieu. Je photographie la dernière séquence. J'éprouve un plaisir clandestin, ancrée dans un lieu extraordinaire et une temporalité orgiaque. Le scénario est audacieux, la beauté de la scène, irréelle.

Une fête de Diwali

Ça commençait pourtant bien. J'avais des habits post-modernes de séminariste, une robe noire et un chemisier blanc. Pour égayer ma tenue, je portais une pastille rouge au milieu du front et un bandeau dans les cheveux. Il fallait au moins ça pour Diwali, la fête des lumières, le Noël de bougies oriental, les nourritures délicieuses, les plats aux dix épices. L'ami de Jacques vit dans le quartier Montorgueil. Les commerces bien achalandés regorgent de fruits et de légumes. Les guides touristiques ne mentent pas. Les viandes rouges, les poissons vous font de l'œil, les pains bio laissent un goût frais dans la bouche. Jacques est amoureux d'Ajay, qu'il appelle « mon jeune mari indien ». Dix ans séparent le Blanc et le métis. Ajay est avocat, spécialisé dans le droit des affaires. Depuis qu'il est diplômé du barreau de Paris, il voyage sans cesse entre New Delhi et Paris. L'appartement est devenu une annexe du tribunal, les dossiers gagnent la bibliothèque. Le couple a l'habitude de recevoir le dimanche. Ajay a cuisiné toute la journée pour fêter Diwali. C'est un jour exceptionnel. À table, plusieurs de leurs amis se réjouissent d'être de la fête. À ma droite, Sandy, que je rencontre pour la première fois. Elle est en couple avec Jocelyn, dépressif chronique. On boit du champagne. À minuit, nous ne sommes toujours pas passés à table. Personne ne touche aux nans épicés, sauf Ajay et moi. L'ivresse gagne. Les langues se délient, les corps aussi. Ajay est aux platines. Ça danse. Sandy a beaucoup bu et s'avère très drôle. On se retrouve dans la cuisine autour des macarons et digestifs. Sandy n'est pas particulièrement belle. Sa corpulence et ses boutons ne me gênent pas. Le plus ennuyeux est l'odeur de transpiration qui me fait instinctivement porter la main au nez. Sa chair déborde d'un pull décolleté. On entend les rires dans la pièce d'à côté. Un long corridor sépare la cuisine du reste de l'appartement. Sandy frôle mon bras nu, le geste traduit une intention autre qu'amicale. Elle s'approche de moi, me regarde. Elle m'enserre la langue, explore ma bouche, lèche mes dents et l'intérieur de mes joues. Je suis prisonnière de son désir. Sa main fourrage sous ma robe de séminariste, elle écarte la culotte, je n'émets aucune résistance. Elle se baisse brutalement et enfourne sa langue dans mon sexe. La peur d'être surprises ne nous effleure pas. Je jouis silencieusement entre les flacons de cumin, safran, curcuma, les graines de moutarde. La porte est grande ouverte. On perçoit des voix, les bruits de verres s'entrechoquent, la BO d'une comédie musicale de Bollywood. Sandy se sert un verre de vin, le geste large, et sourit. Elle saisit une feuille arrachée d'un bloc collé au mur et griffonne son téléphone. Le geste sec achève de m'exciter. Elle apporte le plateau de desserts, sous des cris admiratifs. Je la suis avec les digestifs, acclamée par des hourras hystériques. Jacques me sourit, il est heureux. Il ne se doute pas que sa cuisine parfaitement insonorisée puisse abriter autant d'orgasmes. Je reste assise dans mon fauteuil. Les lumières des bougies dissimulent ma rougeur. J'ai envie de rentrer, mais j'attends la première vague de départ.

On se voit chez moi plusieurs fois, dans l'après-midi. Sandy est assistante réalisatrice. Avec elle, la vie, c'est du cinéma tous les jours. On regarde des DVD, on boit de la vodka en picorant des framboises. Sandy aime tous les alcools, sans exception. On rit énormément, elle me dépeint le milieu du cinéma et excelle dans l'art de la caricature. Elle imite à la perfection l'attachée de presse débordée, Dalida, l'accent belge, l'épicier arabe, la mère juive ou Céline Dion. Je m'attache. Je m'agrippe à ses rondeurs et me sens protégée par elles. Bizarrement, je ne parviens plus à retrouver le plaisir de la première fois. Alors je m'efforce de penser à des choses agréables. Un joli plateau de fraises, une scène érotique entre deux filles à la beauté chavirante, de jolies jambes. La chair offerte, je regarde le plafond, mais l'odeur âcre de Sandy m'empêche de profiter de l'instant présent. Je songe vaguement que tout le monde rate son existence. On connaît tous une amie ou une amie d'amie qui fait semblant de jouir. Je tente moi aussi l'expérience. Soudain, quand mon regard tombe sur la fissure du mur droit, je comprends que je cherche un corps absent, un corps qui remplace une perte irrémédiable. Je m'égare dans les plis de ce gros corps jusqu'à l'écœurement, sans parvenir à m'abandonner.

Sandy jouit parfaitement. Elle a des idées précises sur sa sexualité, son besoin de trouver ailleurs ce qui lui manque. C'est tout à fait concevable, avec un compagnon comme le sien.

— L'espace amoureux contemporain, c'est le retour au couple, la fidélité, les enfants. Un système qui m'étouffe. Moi, je suis libre et polyamoureuse. La fidélité est un concept nucléaire. Merde, on n'est pas des papys de l'amour.

— Jocelyn est au courant ?

— Oui. Je ne sais pas ce qu'il fricote de son côté. Moi, je vais voir ailleurs, un point c'est tout. J'aime trop les frissons, les rencontres, les premières fois. Et puis, c'est plus fort que moi, j'ai toujours été curieuse. L'amour est un jeu. Avec des mensonges et des petits écarts.

— C'est un point de vue. Quand on écoute son corps au lieu de le contraindre à la monogamie qui tue le désir, on n'a plus besoin de fantasmer une autre vie.

Lorsque Sandy quitte mon appartement, j'aère toutes les pièces et change les draps.

Scène

Je traîne avec mes collègues sur les marches du théâtre. Il est tard. On joue à l'Odéon l'intégrale du *Soulier de satin*. Malgré les lumières, la scène tapissée de miroirs dorés, les trente comédiens, je somnole un peu, c'est agréable. La pièce dure douze heures. Je suis avec Jacques. Toutes les deux heures, à l'entracte, on se sustente au bar du théâtre. Au lever du rideau, dans l'obscurité, je pleure, je veux que Rodrigue retrouve Prouhèze qui va mourir chez les Maures et laisse sa fille comme un sacrifice à l'homme qu'elle aime. Je m'identifie, je succombe. La salle entière est gagnée par l'émotion.

J'ouvre la porte, pénètre chez Sandy, elle dort. Je la prends dans mes bras et lui caresse le dos, elle pousse des cris de petit chien. Mon sommeil est agité par l'image de Prouhèze mourante. Au petit matin, je quitte le lit et reviens avec une tasse de café fumante. Je réveille Sandy pour lui raconter l'extraordinaire épopée.

— Tu fais la tête ?

— Non.

— Je le vois bien.

— Si tu veux tout savoir, j'ai passé la soirée seule, à t'attendre, tu ne m'as même pas proposé de t'accompagner. J'ai la sensation que parfois tu me caches.

— Tu plaisantes ? Je te fais remarquer que tu es en couple, pour commencer. Et puis, tu détestes le théâtre, et en particulier Claudel.

— Je n'apprécie pas le théâtre, non. Et toi, tu ne m'aimes pas, c'est plus ennuyeux.

Le ton monte, je réagis, renverse le café dans le lit, elle s'énerve, je ne l'ai pas fait exprès, je claque la porte, sans raison sérieuse. Je dévale les escaliers, ridicule et théâtrale. Sandy ne vient pas me chercher. La scène manque d'héroïsme. J'aimerais que Sandy soit Rodrigue. Mais Sandy, énervée, se cache derrière la fenêtre. La porte cochère à peine franchie, je fais marche arrière. Allez, on va tourner la page, faire un tour au marché, préparer un brunch, je sens d'ici le pain au sésame, le bacon, les œufs frais, le lait, les viennoiseries. Viens, il fait si beau dehors, vingt degrés pour un mois de mars, c'est agréable, non ? Elle refuse de me laisser entrer. Quelle brutalité ! Elle me demande de partir, elle doit retrouver des amis. Je claque la porte, refroidie. Dans la cour, qui est notre théâtre d'Épidaure, je lâche une insulte. Elle ouvre la fenêtre et me rend mes amabilités. Sur mon vélo, je me sens libérée. Je rejoins une amie au Jeu de Paume. Après l'exposition, on traîne aux Tuileries. L'amie rentre, elle laisse son siège vide. Le soleil inonde le bassin, les arbres, c'est doux. Le Jardin des Tuileries est pourtant le lieu de la séparation. On s'est quittées là-bas, avec Paola, près du grand bassin, à dix mètres du café. À la tombée du jour, le jardin se transmue en paysage mélancolique. L'appartement de Sandy est à deux pas. J'oublie l'orgueil, l'humiliation, je retourne chez elle. Je l'attends patiemment dans la cage d'escalier. La lumière s'allume à son étage.

— Ne reste pas là.

— Tu veux tout et son contraire, Sandy. Je tiens à toi malgré tout. Pardon, si je t'ai blessée.

— Jocelyn va arriver d'un moment à l'autre. Il va dormir ici. Il faut que tu partes.

La misère amoureuse conduit vers des régions désertiques. Je tombe dans un trou, une tristesse, une torsion de l'âme. Comment survivre à la froideur d'un tel désamour ?

Nuit de violence

Ça se passe la nuit suivante. J'entends son souffle embué d'alcool. Sandy m'a invitée à une soirée chez elle, avec un couple d'amis. Marie adore la cuisine, Pierre a une passion pour les liquides, comme elle. Sandy a commandé des plats thaï chez le traiteur. Du riz parfumé, un poulet au coco, un consommé à la citronnelle et aux herbes aromatiques. La coriandre, la menthe, la ciboulette et l'oignon vert sont finement coupés. Les piments oiseaux, distillés dans la préparation, produisent assez vite leur effet. L'alcool aidant, la soirée d'été glisse. La sauce de poisson assèche les bouches, le vin réveille les pulsions archaïques. Sandy et Pierre descendent plusieurs bouteilles de vin. Rosé, rouge, tout y passe. L'alcool bu, ils rient, s'esclaffent, dansent collé serré sur des basses techno. Le bruit éclate dans les tympans. Ils remontent de la cave du vin espagnol. Une caisse de casa castillo las gravas 1992. Ils boivent. Ils dansent. Sandy pose sur moi un regard veule. Je ne sais pas ce que je fais chez elle. Ce regard me fait honte, il me donne envie de la gifler. Je garde le silence. Aucun son, aucun reproche ne sortira de ma gueule blessée. J'attends. J'observe le spectacle de la décomposition. Ils dansent toujours. Ils se prennent par la taille, la main. Vont-ils gesticuler longtemps au milieu du salon ? Marie et moi sommes assises sur le canapé, silencieuses. Ils se tournent vers nous, se désenlacent, prennent conscience de leur scénario déplacé.

— Viens danser ! Bon sang, ce que tu es rabat-joie, s'exclame Sandy.

Elle dégote une bouteille de marsala. Ils ingèrent soixante degrés d'alcool. Sandy chancelle. Je laisse faire. Marie me parle doucement.

— Arrête de t'inquiéter, laisse-les. Ils ont trop bu.

Je garde mon calme. J'écoute sa voix posée, ça me fait du bien. Ma colère se transmue en tristesse. J'ai le sentiment d'être piégée. Je pourrais m'échapper. Fuir. Prendre mon vélo dans la nuit. Trimbaler la chaîne, le panier en acier, les roues, le guidon, tomber sur l'asphalte. Je pourrais prendre un taxi. Je reste. J'affronte. J'en apprends un peu plus sur Sandy. Marie veut rentrer. Pierre refuse.

— Avec Sandy, on veut aller danser !

Marie pose la veste sur le dos de Pierre. Sandy les accompagne dans la cour. Avant de claquer la porte, elle me jette un regard mauvais. Je vais dans la chambre. J'ai peur de cette femme. Ce soir, le ciel est en deuil. Aucun bruit ne monte de la ruelle qui, comme une caisse de résonance, laisse filtrer jusqu'aux étages la voix de jeunes zonards. Un seul bruit retient mon attention. Une seule forme. Le ronflement de Sandy, affalée sur le paillasson.

Dans le judas, j'aperçois un bout de pied, une masse informe. Je n'ouvre pas au corps. Dans le silence de cette scène irréelle qui m'éloigne de toute forme d'affection et d'humanité, la détresse m'empêche d'agir. Une étrangère entre dans l'appartement, va dans la cuisine, s'installe au coin de la table et boit. Elle arrache d'un mouvement sec un gobelet en plastique.

— Arrête de boire, tu me fais peur.

Le regard moqueur fait barrage aux mots. Elle me fixe, l'air hagard. Elle pleure dans mes bras. Je la console. Je ne veux pas de ça. Je me dirige vers la porte. Elle me pousse. On se bat. On s'empoigne. L'alcool quintuple sa force. Elle me tord le bras, les doigts. Je la pousse. Je nous vois dans la baie vitrée. J'ai besoin d'aide. Mon âme est bleue. Je m'arrête, choquée. Elle suspend tous ses gestes, regagne sa couche, comme un chien. La scène me plonge dans l'effroi. Quelque chose s'est passé. C'est irréversible. Quelque chose a tourné. Je n'arrive ni à rester ni à partir. Me reviennent en mémoire les mots de Deleuze et Guattari : « On est devenu soi-même imperceptible et clandestin dans un voyage immobile. Plus rien ne peut se passer, ni s'être passé. Plus personne ne peut rien pour moi ni contre moi. Mes territoires sont hors de prise, et pas parce qu'ils sont imaginaires, au contraire : parce que je suis en train de les tracer. » Je suis devenue une ligne, une flèche abstraite, une statue. Je suis sans territoire propre. Le bras de fer est perdu d'avance. C'est la fin et il n'y a plus d'armes pour lutter. Sandy aime le début et ne supporte pas la fin, j'ai horreur du milieu. Coincée entre quatre murs, je calme l'angoisse qui enserre ma gorge. Je ne suis ni au bon endroit ni avec la bonne personne. La situation est humiliante. Mes larmes redoublent ; je me souviens de Paola qui venait me chercher quand je m'enfermais dans les toilettes pour pleurer. Elle finissait par me prendre dans ses bras, ça s'arrêtait aussitôt. Tout redevenait calme. Sandy me laisse pleurer sur le carreau de sa salle de bains. Avant de quitter son appartement, je jette à la poubelle les fleurs offertes la veille, les pétales gisent par terre. J'éprouve l'urgence de détruire les symboles, briser toute forme de lien. Plus rien ne résiste. Je quitte l'appartement de cette furie. On ne se revoit plus.

Hors de moi

J'ai exploré des zones de l'inconscient. Je suis allée dans des régions inconnues situées dans l'hémisphère droit du cerveau. L'hypnotiseur partage son cabinet avec deux ostéopathes, quai des Célestins, métro Pont-Marie. Il m'accueille dans un cabinet équipé d'un ordinateur, d'une vidéo surveillance braquée sur l'entrée et de deux grands fauteuils en cuir inclinables, avec repose-pieds.

— Bonjour, monsieur, je suis là pour régler un problème. J'ai un certain nombre de crises. Lorsque la parole fait défaut, mes pulsions se focalisent sur des objets saisis à la volée. Alors je frappe n'importe où, je casse des objets. C'est bête. L'autre jour, j'ai eu un bleu, un hématome à cause d'un coup de poing sur l'arête d'un meuble. La prochaine fois, que se passera-t-il ? Du sang en guise de décor sur les murs blancs du salon ? Chic ou kitsch ? Je ne sais que faire de mon corps tendu. Les tempes pilonnent mon cerveau. Je ne suis maîtresse de rien.

L'hypnotiseur est de taille moyenne, avec un léger surpoids. Il m'explique sa démarche, très didactique. Il prend des notes, il me fait parler, l'air de rien. L'hypnose est une dissociation entre l'esprit et le corps, une immersion dans la conscience. Je lâche prise, il m'emmène. Si l'hypnotiseur ne m'était pas recommandé par un ami, j'aurais une crainte physique, tant je me sens vulnérable pendant ce moment d'abandon. La séance commence par un petit questionnaire, je ferme les yeux.

— Dites-moi trois choses qui vous sont agréables.

— Le vélo, la mer, les voyages.

— Trois lieux aimés.

— Paris, La Rochelle, Bangkok.

— Un souvenir heureux.

— Mon permis de conduire. La joie, les larmes, pas les miennes. Celles de ma mère. La fierté de ma mère.

J'ôte mes lunettes, je les dépose sur le petit meuble blanc. L'homme m'emmène en voyage. Inutile de faire ses bagages ni de prendre l'avion. Ni carte d'embarquement, ni file d'attente, ni passage au *duty free*, ni taxi, ni hôtel, ni visites, ni plateforme touristique. J'arrive directement à Angkor. Les branches des fariniers mangent les temples, dévorent le minéral. Les pierres disparaissent sous les racines géantes. Je me promène dans les allées, j'escalade un temple. Il me dit :

— Lorsque vous êtes tout là-haut, faites-moi signe en levant un doigt.

J'obéis. Je parviens à la cime du temple millénaire, la lumière éclatante m'aveugle. Mes yeux s'habituent et je vois très loin un paysage sublime, une forêt qui plonge Angkor Wat dans l'ombre, un étang empli de nénuphars.

La voix masculine me guide. Je continue ma promenade. Un bonze me salue, enveloppé dans son habit couleur safran. Je lui rends son salut. Je m'assieds, tout près d'un oiseau, plus gros qu'un moineau. Son plumage présente de jolis motifs. Je suis seule sur le site, je profite de l'instant. L'oiseau s'approche. Je me souviens du gâteau dans ma poche. Comment faire pour le sortir sans brusquer le petit animal ? Doucement, je sors le paquet. J'émiette la friandise. Il s'approche, mange un petit bout, minuscule. Je lui en donne encore. Je me fais discrète. Le lien est ténu. Je n'ai pas peur qu'il parte tant mes gestes sont doux et le gâteau semble délicieux. Je n'identifie pas exactement la sucrerie. Est-ce un gâteau de mon enfance, du riz à la banane enveloppé d'une feuille de bambou, ou s'agit-il d'un palet breton ? L'oiseau aime. Il est beau, gentil. Je fais de l'oiseau l'objet d'un culte mystique absent dans les métropoles occidentales où j'ai vécu. Mon cœur bat à tout rompre, tout en haut de l'Empire State Building, à la lisière de Central Park, à Sathorn Road, à Bangkok ou sur la tour Eiffel. Au cœur de ce mouvement où les yeux absorbent le bitume, je me sens vide. Les villes ont avalé ma conscience. L'hypnotiseur me conduit vers des zones de l'inconscient que j'identifie après coup. Ça se passe dans la partie droite, en haut du cerveau. Ça fonctionne à plein régime pendant trente-cinq minutes. C'est précis, ça me tire, ça me fait presque mal. Je ne vais pas en toute conscience dans cette région.

Près de l'oiseau, au milieu des bâtons d'encens qui se consument dans les temples, j'ai retrouvé l'Asie. Je me réconcilie avec moi-même, je redeviens végétale dans le minéral. Dans les bas-reliefs d'Angkor, je me recentre, hors de moi.

— Lorsque vous serez prête, me dit l'hypnotiseur, vous ferez un signe de la main. Vous suivrez ma voix et nous irons ailleurs.

Je sens qu'un long voyage m'attend. Je prends un bus de Phnom Penh à Chiang Raï, j'embarque dans un *speed boat* et remonte le Mékong en pleine crue. Au milieu des poules et des sacs de riz, je risque ma peau sur un *longtail boat* propulsé par un moteur de voiture bruyant. À hauteur de Phnom Penh, le Tonlé Sap est relié au Mékong sur des centaines de kilomètres. Les volumes d'eau produisent des courants violents. La mousson fait sortir de son lit une rivière boueuse qui se transmue en monstre menaçant. L'eau a presque recouvert la cime des arbres. Le capitaine de l'embarcation se fraie un chemin entre les branches, les crocodiles, les liserons d'eau et les bouteilles en plastique. Je flotte dans un paysage mélancolique de fertilité et de mort.

Mourir de chagrin

Le sexe n'y change rien. La désintoxication amoureuse a pour amis l'absence et la perception du temps. Mon corps vit trop de ruptures, il m'arrive de pleurer le matin, lorsque mon cerveau réalise avant mon corps la force du vide, le lit froid. Je sanglote comme l'enfant que je ne suis plus. Je me sens abandonnée. Mes crises durent quelques heures, en général. J'en sors épuisée, déprimée. Je ne sais plus qui pleurer exactement, Paola ou une autre. Peu importe, le processus est le même, j'active le dossier abandon. Il me faut pourtant quitter ces schémas.

L'analyste 1

— J'ai quatre ans. Nous sommes dans une petite épicerie, ma mère me laisse quelques minutes qui me paraissent une éternité. Elle a oublié son porte-monnaie et doit rentrer à la maison pour le récupérer. En la voyant partir, je pleure et je sens le vide sous mes pieds. Il faut dire que j'ai été élevée uniquement par ma mère. La perdre aurait été un drame, un deuil sans rémission.

— Vous n'avez plus quatre ans et vous n'avez pas été adoptée par le couple d'épiciers, répond mon analyste.

Elle a ce sens de la formule qui me tue. Elle en impose dès les premières secondes. Elle ouvre la séance par une petite phrase bien sentie, une piqûre qui rappelle l'acmé douloureuse de la séance précédente. Je me rends à mes rendez-vous à vélo, j'attache ma bécane à la barrière, lève la tête et essaie d'apercevoir une silhouette qui ferait son apparition dans l'embrasure de la porte-fenêtre. Le pot de géranium reste invariablement à sa place. Je raconte ma vie et mes hontes à cette femme d'un autre siècle. Ça va faire trois ans. Elle ponctue chacune de ses phrases par mon nom de famille, comme si j'allais l'oublier. Elle est payée pour me rappeler mon identité. J'ai pris l'habitude d'aller boire un café, je ne pense à rien. J'ai renoncé à faire l'inventaire de ces séances. Chaque semaine, j'accomplis les mêmes gestes. Je sonne, elle répond d'une voix pondérée, brève, ample, un peu sèche, je ne sais plus très bien. Ma psy est une star du Marais. Qu'on appuie sur l'interphone ou qu'on l'appelle, elle est toujours en consultation. Après l'ascenseur, j'active le deuxième interphone qui est l'ultime rempart avant la parole sacrée. La sphinge aux honoraires libres déclare :

— Salle d'attente.

Rien de plus. J'admire l'économie de moyens dans la langue, j'aime le minimalisme formel qui me fait gamberger dans une zone dangereuse de mon cerveau. Une fois passée la porte de la salle d'attente, j'hésite entre la rangée de droite et la rangée de gauche, je choisis celle de gauche, à cause du cœur. Le sol est en damier, noir et blanc. La pièce défraîchie gagnerait à être repeinte. Bien sûr, jamais je n'oserai m'entretenir de cela avec elle. L'interroger sur la peinture des murs ou ses vacances me semblerait plus obscène que lui montrer mes parties intimes. Tout ce qui touche à sa personne est tabou. La salle d'attente tranche avec la pièce cosy où elle reçoit ses patients. Sous un éclairage très léger, deux fauteuils club noirs se font face, à une distance protectrice de la folie. Le combat intérieur peut être verbalisé, mais souvent, j'évite d'évoquer les vrais problèmes. Je résiste à l'analyse de toutes mes forces, depuis le début. Un jour, un 6 décembre, elle sort de son silence et dégaîne son bazooka :

— En l'absence de Paola, que se joue-t-il dans le vide ? C'est votre troisième année d'analyse et vous vous livrez peu. Vous parlez beaucoup des autres et si peu de vous.

— ...

— Pourquoi laissez-vous autant de place à la séduction ? Êtes-vous une *sex addict* ?

Je paie. Je sors. Je vais pleurer sur l'île Saint-Louis.

Je maudis ces questions car mon analyste vise juste. J'ai besoin de ces rencontres pour remplir le vide laissé par Paola. Un bateau-mouche passe, des Japonais prennent des photos. Mes pleurs redoublent. Je comprends qu'après ces guerres humiliantes, plus rien ne sera comme avant. Rien ne détruit autant qu'aimer. Je me souviens des premières années. Paola que je récupère dans le sud de la France, en voiture. Paola qui prépare des clubs-sandwichs qu'on grignote au cinéma. Paola en maillot de bain sur la plage, les seins offerts au soleil. Paola en vacances, calme, reposée. Paola qui lit et écrit sur la terrasse. Paola qui jouit sous le ventilateur, dans une cahute en teck au fond du Laos. Paola qui s'énerve contre la société. Paola qui regarde d'autres femmes et les désire. Paola, c'est normal, le désir fout le camp, le mien joue avec mes nerfs. Au niveau des lombaires, dans la région du sacrum, je ne sens plus rien, je suis sciée. Le résultat de l'imagerie par résonance magnétique indique une anomalie transitionnelle de la dernière vertèbre. La jolie radiologue me dit :

— Vous avez de très beaux disques, blancs, bien hydratés, vous avez un magnifique rachis lombaire.

Ça me fait une belle jambe. Mon corps est désaxé.

Paola, tu ne veux plus de moi. Quelques jours après la séparation, je l'attends dans le bar d'un hôtel qui jouxte le théâtre où elle joue. Inutile de m'élancer, d'aller à sa rencontre, la ville entière porte des traces d'elle. Une femme entre dans le métro, son parfum reste suspendu dans l'air, c'est *Poivre piquant*, L'Artisan parfumeur. Collée à la baie vitrée du bar, je guette Paola. Elle finit par passer, mais elle n'est pas seule. Ses bras enlacent une fille que je ne connais pas. Elles ne me voient pas, elles s'embrassent, pleines de sève. Mon corps réclame les mêmes caresses. Mon corps se dévitalise. Je suis en mort cérébrale. Je veux effacer tes empreintes, la mémoire que j'ai de toi. Paola.

Exilée

Je suis née sur la route de l'exil. Il y a l'exil géographique, la terre de naissance qui renvoie doublement à une identité réelle et à une identité d'emprunt. Quand j'imagine mes liens à la famille, je me demande si mes terres sont maternelles ou paternelles. L'identité d'emprunt est celle que l'on rêve et construit, depuis l'enfance. Personne ne peut nous ôter notre terre de naissance. Colère des mères sans terre. Mères dont la mémoire, violente, brutale, est entachée de douleurs collectives. Le sang des miens est répandu sur le sol rouge de la terre battue. Le sang colore les rizières et altère les visions sucrées de cocotiers. Mais il est aussi un autre exil, figuré. Un exil intérieur, celui de la solitude, de l'amour non heureux. On passe parfois sa vie à rechercher ses traces. Mais on se perd dans un château de miroirs, un palais d'images qui sont autant de terres blessées. Ma mère est une héroïne de fiction. Elle a fui. Elle a demandé l'asile politique et quitté le pays où je suis née, une terre qui a ouvert des camps de réfugiés comme on ouvre des charniers. Deux ans plus tard, lorsqu'elle foula le sol français, elle devait réinventer sa vie. En voyage, ma mère est souvent malade. Mon analyste dit que c'est le symptôme des exilés. Ma mère vit son enfance à Vientiane. Sa famille, pauvre, cultive le riz à la campagne. Les jours de fête, ils tuent un poulet. Ils se nourrissent de poissons du Mékong, accompagnés de riz et d'herbes aromatiques. Ils n'ont pas d'argent. Pas de compte en banque. Rien. Juste des récits transmis de génération en génération, des histoires de terres cultivables irriguées par la mer de Chine. Des fictions. Ma mère a quitté son pays, chassée par les communistes, la guerre, la peur. C'est une déracinée, une mère sans terre. Elle a un an quand son père meurt. La disparition du tisserand vietnamien érige un mur silencieux dans une famille où les mères se comportent comme des pères. Elles transmettent leur nom aux enfants. La société laotienne est matriarcale. Parfois, les mères refusent que le père exerce l'autorité parentale. Certains pères ne reconnaissent pas leur progéniture, ils ont déjà une famille et ce n'est pas exactement un rejeton qu'ils sont venus chercher auprès de l'amante. La paternité a toujours été un mystère pour moi. Lorsqu'elle arrive en France, ma mère efface le nom de mon père, elle évacue les traces, ouvre une page vierge. Mon état civil est faux. La date et le lieu de naissance sont erronés, je suis la fille de ma mère, née de père inconnu. Ma mère n'a pas connu son propre père. La vie du tisserand est entourée de sang. L'homme, assassiné par des inconnus, est auréolé d'une mort mystérieuse. Pire, sa disparition est un tabou ; ma mère n'a jamais demandé d'explication à ma grand-mère.

Pendant la guerre, ma mère me raconte la fuite vers la campagne, entourée de ma grand-mère et de mes tantes. Les hommes entrent dans les réseaux de résistance et luttent contre les communistes. La famille quitte Vientiane, devenue dangereuse. Elle se réfugie dans une maison, perdue dans une forêt sur les hauts plateaux, à l'ouest du Laos. Ma grand-mère, née dans cette baraque, au milieu des singes hurleurs et des bambous, y passe ses premières années. Avant l'ascension, les femmes font des réserves au marché de Loang Prabang. Les maraîchères serrent les provisions dans de petits paquets bruns, minutieusement rangés. Ils contiennent de la viande, du poisson séché, du riz, des œufs, des mangues, des papayes, des tomates, des concombres, des herbes aromatiques, du sucre, de la farine. La famille se prépare à tenir un siège. Ma mère me raconte le village *Mong*, la beauté des vallées, les oiseaux bleus. Les collines ressemblent à un paysage matriciel, la brume fait des ronds, comme un souffle blanc, en hiver. La forêt, dense, épaisse, ne laisse percer aucune lumière. Dans les sentiers, on ne voit pas le ciel, caché par les arbres. Le bruit des oiseaux domine en fond sonore. C'est la jungle, fascinante, terrorisante, celle des animaux rampants qui froissent les herbes hautes. Le bruit électrise l'enfant sauvage. Ma mère.

Elle me décrit la maison en bois sur pilotis, sommaire, propre. La lampe à pétrole posée sur la table en teck. La moustiquaire encadre les lits. Je rêve au pays où je suis née, à la confluence de deux pays d'Asie du Sud-Est. Je rêve du Laos, terre colonisée, lieu de torture et de souffrance. Les écluses du barrage lâchent le sang des miens. Au milieu, ce grand-père couturier, assassiné, inconnu. L'homme a légué à sa famille un papayer dont les branches immenses effleurent le toit en feuilles de cocotiers tressées. Pendant leur séjour, mes tantes mettent à l'honneur ce fruit qui est aussi un légume. Elles préparent le plat préféré de ma mère, une salade de papaye verte, du riz gluant et du bœuf séché, mariné dans de la citronnelle. Dans la sauce qui laisse sur la langue un goût sucré et pimenté, elles trempent des boulettes de riz. Lorsque ma mère entreprend ce récit, je plonge dans les romans de Murakami. L'enfant boit du jus de coco et racle le fond avec une spatule. Dehors, tout est vert. Les bambous, les bananiers, et même les oiseaux. La jungle devient une masse végétale. Sur la piste de terre battue, aucune voiture. Aucune trace des communistes, au-delà des arbres. Les femmes se lavent avec l'eau du puits. L'après-midi, les jours d'ennui, elles explorent les alentours. Ma mère marque les arbres et ne se perd pas, les mêmes gestes que le personnage Kafka Tamura, me dis-je. Les grillons invisibles chantent des airs métalliques. Le destin de ma mère est marqué par la guerre.

Une fois adulte, elle décide de demander l'asile politique en France. Elle trouve du travail, elle se bat. Un jour, elle rencontre un homme, ils s'aiment et se marient. La famille déménage, elle réinvente nos vies, elle monte une petite entreprise ostréicole. Les jours coulent heureux, au bord de la mer. À l'école, c'est un casse-tête. À chaque rentrée, il faut remplir une fiche. La case « profession du père » m'angoisse. Je ne sais pas comment combler le vide, alors je laisse un espace vierge. Je dispose de trop peu d'informations pour expliquer ma généalogie. À vingt ans, j'ose défaire un tabou ; je veux savoir qui est mon père. À force de me taire, j'ai créé une langue coupable qui affecte l'enfance. On ne pose pas de questions, on vit, c'est déjà beaucoup. Plus tard, je m'interroge. Une filiation sans père existe-t-elle ? Sommes-nous condamnés à vivre les mêmes schémas ? Comme ma mère, comme moi, mon enfant ne connaîtra pas son père.

Ce soir, au cinéma

Jacques est une tombe. Ce jour-là, lui, qui est si peu loquace, s'épanche :

— Paola est une artiste. Ça marche bien pour elle, sa carrière décolle. C'est une chance, surtout en ce moment où les théâtres se vident. Les projets se font avec des bouts de chandelle. Quand je passe devant une colonne Morris, je vois toujours les mêmes noms, les mêmes compagnies, les mêmes horreurs.

— Pourquoi tu me dis tout ça ?

— Ça t'évite de me poser les questions habituelles. On commande ?

Les mots semblent vides, rebattus. Je suis déçue par son manque d'empathie. Le repas se termine en silence. À force d'absence, Paola devient une image. Un soir, dans la file d'attente d'un cinéma, une forme surgit, une présence, un parfum. Elle est là. Elle se tient droite, au milieu de la foule. J'identifie le grain de la peau, la bouche, la façon de fumer, la tête qui se penche en arrière, accompagne la fumée. La foule devient compacte, c'est mercredi. Je ne vois que Paola et je ne reconnais aucun de ses vêtements. Tout est nouveau. La coiffure, le sac bleu en cuir, l'écharpe blanche, Paola a toujours été sujette aux angines, le chapeau en laine qui cache légèrement les yeux et qu'elle retire, pétrifiée quand elle me voit. Je tourne discrètement le regard. À l'intérieur de ma tête commence déjà le lent travail qui déchire les viscères. La douleur monte jusqu'à la base du cou, rejoint le cerveau, impossible de congeler les émotions ni les souvenirs. Ça tape dans la boîte crânienne. Je suis au bord du malaise. Je ne vais pas vers elle. Je paie ma place. Je m'engouffre dans la salle du Grand Rex. Je prétends regarder le film. Je sens sa présence pendant toute la séance. J'ai envie de me lever dans le noir, d'aller à sa rencontre, comme avant. Comme ce jour où nous sommes allées voir un film de Woody Allen. La séance a commencé, je marche à tâtons dans la salle obscure. Aveugle, je descends lentement les marches. Paola m'attrape par la main et me fait glisser dans ses bras. À la sortie du film, cette fois, personne ne me tend la main, j'ai les bras vides et je crève de solitude. Le générique à peine fini, je l'aperçois, au bras d'une fille. Elles partent, bras dessus, bras dessous. Peut-être vivent-elles déjà ensemble ? Elles partent en vacances, vont au théâtre, au cinéma, rient et baisent chaque nuit. Notre vie pendant dix ans.

Gaypride

Rue des Écouffes. Elles sont toutes là. La rue est pleine de femmes qui aiment les femmes. Aujourd'hui, une foule puissante se forme et exhibe une fierté, celle de ne pas être dans le placard. Aujourd'hui, les femmes luttent pour leur liberté, se montrent, rient, s'embrassent. À la télévision, les médias relaient les images de travestis, les paillettes, le glamour. *Dalida's day*; c'est excellent pour l'audience.

Souvent, je me fais larguer au moment de la Gaypride. Le défilé bariolé devient un moment mélancolique. Visible, au milieu des chars bruyants, je cherche le visage de l'absente. Les couples s'embrassent, c'est insupportable.

Ma collègue Samantha est vissée à son téléphone portable, elle pourrait se nourrir de SMS en intraveineuses. Elle écrit pour tout et rien. « J'ai deux minutes de retard », « j'ai pris un bain », « lol », « mdr », « j'ai acheté une robe ». Samantha reçoit un message de Paola et s'exclame :

— Mince, Paola va arriver avec sa copine.

Deux minutes plus tard, elle est devant moi, main dans la main avec sa nouvelle fiancée, comme dit délicatement

Samantha. L'apparition, quoique annoncée, reste brutale. La fille, assez féminine, rit fort et la prend ostensiblement par la taille. J'ai envie de m'enfuir et m'englue dans l'inaction. Il y a trop de bruit partout, les verres jetés sur la chaussée, les filles costumées, les paillettes dans les cheveux, les corps, vieux, jeunes, de toutes les formes. Heureusement, Samantha reste près de moi, on s'est retrouvées dans le cortège. Elle me parle, mais je n'entends pas. J'ai les dents trop serrées, la mâchoire douloureuse. Je fais bonne figure. Pâle figure. Mais pourquoi donc ? Je n'aime plus Paola, je ne lui dois rien. Je ne supporte plus le bruit, les fioritures, la mise en scène. Je veux partir, marcher, quitter la ville, avoir de l'air frais sur le visage. J'étouffe.

L'analyste 2

— Je voudrais vous parler de mes mauvaises pensées.

— Que faites-vous de vos mauvaises pensées ?

— Je vous paie pour les écouter.

C'est la trentième minute, bientôt la quatrième année. Je suis allongée. Il est question de mes rencontres et du processus habituel, approcher, séduire, coucher.

— Vous aimez l'instabilité.

La sentence résonne dans la pièce, légèrement brouillée par la sonnette qui annonce le patient suivant.

— Qu'entendez-vous par là ?

— La séance est terminée.

— Je vous dois combien déjà ?

Je vais encore passer les prochains jours avec un paquet d'angoisses et soupire ostensiblement.

— Cinquante-trois euros, s'il vous plaît.

Je signe le chèque sans indiquer l'ordre. Je me demande qui l'encaissera. Un organisme humanitaire ? Son banquier ? Son banquier de mari ? D'ailleurs, a-t-elle un mari ? Je sors du cabinet, furieuse de l'importance que je lui accorde, troublée par le pouvoir des mots. Cette nuit-là, je fais un rêve merveilleux. Je m'envole. Je suis invitée à un spectacle, le comédien me donne une consigne :

— On va repousser les nuages ensemble.

La salle est pleine, je reconnais certains visages, je n'ai pas peur. Je m'élance sur la piste, vêtue de mon jean noir, de mon chemisier blanc crème, je vole, c'est si bon. L'instabilité me rend libre.

Je t'embrasse de Bulgarie

Ils sont partis trois semaines en Bulgarie. Un matin, je reçois un message de Jacques. Ils sont à Sofia. Jacques m'explique les vacances organisées à la dernière minute, Paris qui se vide, les Parisiens aux terrasses, les touristes dans les musées, dans l'air climatisé. L'année a épuisé Paola. Urgence de quitter la ville, brasser un air nouveau, fuir les tourments, même s'ils vous rattrapent au-delà des frontières. Ces derniers mois, Paola et moi étions dans le même mouvement de multiplicité. Jacques me parle de confusion sentimentale. Paola écume Paris, les bars, les soirées, les sites Internet, les conquêtes. Elle essaie d'autres bras. On aurait pu parler de nos tableaux de chasse, Paris la nuit, les trajets en taxi, les lits, la qualité des draps, les parfums, la perte du sens commun, le réel. L'indécence nous l'interdit.

C'est l'été, je les imagine au bord de la mer Noire. Jacques me décrit une ville laide. L'un et l'autre voyagent à l'économie, mangent dans des tavernes, logent dans des pensions. Ils gardent des habitudes de voyage qui datent de nos années étudiantes. On se contentait de peu, une chambre sommaire, un lit propre, une salle de bains. Certaines étapes en Asie ressemblaient à des zones de détresse, les chambres sans charme, les murs sales, la salle de bains sommaire. Les villes de transit sont déprimantes. Rien à faire, rien à voir. Circulez. La nuit venue, le seul réconfort était de me blottir contre Paola. Sentir son parfum, l'odeur de sa peau.

On s'habitue à la douleur, au silence, jamais à l'absence. Je raconte à mon analyste le lien matriciel, le cordon alimentaire. Les dernières années, Paola cuisine de plus en plus, de mieux en mieux. On rentre du marché le panier chargé de victuailles, elle s'arrête chez le traiteur italien, achète du tiramisu, s'approvisionne en charcuterie fine.

Jacques m'écrit une longue lettre pour mon anniversaire. Ils sont dans les Balkans. Il adore la Bulgarie, les montagnes, les yaourts. Il est nostalgique de nos vacances, de nos vingt ans, du trio amical. À la lecture de sa lettre, j'ai la sensation de me dédoubler. Immobile, je dessine la carte imaginaire de leur voyage. Quelque chose s'est passé, le lien ne s'est pas tout à fait brisé. Loin d'eux, je fête mon anniversaire, seule. La tête cogne. Les temporalités se mélangent, tant et si bien que dans la pénombre, les yeux ouverts, je ne sais plus où je suis, ni avec quelle femme je m'endors. Quand mon ami entre dans les détails du voyage, je lui demande de cesser cette correspondance, devenue insupportable.

Dans six ans, j'aurai quarante ans, non, pire que ça,

dans six printemps, j'aurai quarante ans. Je dois avancer, refaire ma vie, oublier. Les conquêtes, les nuits d'amour, la fuite ne font pas le poids devant la mélancolie. Je ne connais pas le dosage exact contre l'excès et le défaut d'amour.

La non-détestation

La séparation physique est une épreuve, moins irrémédiable que la mort, certes. Je me demande quelle partie du corps est la plus douloureuse quand on vous l'arrache. Le bras, la jambe, la main, l'ovaire, l'épaule, le cœur ? Les jours qui suivent la fin sont comme des piqûres d'amour. C'est la même blessure, l'hémorragie qui inonde l'intérieur de la tête. Les gens vous rassurent, ça va aller, ça va passer, tu es jeune, tu vas rencontrer quelqu'un d'autre, tu es belle. Les gens ne savent pas. Ils devraient se taire, se garder de ramener votre souffrance à leur expérience. Je me fous de leur avis, j'ai envie de distribuer à la cantonade des paires de claques. Paola part quatre jours pour Barcelone avec une fille que je connais, Cécile, vingt-sept ans, les cheveux rasés, une gueule d'ange, une centrale électrique. Quand elle pose son regard de biche sur vous, on a envie de coucher, c'est immédiat. Elle bouge comme un nuage érotique. Paola le sait. Alors elle hésite, partir ou rester, accepter ou refuser.

— Ce n'est pas simple, tu sais.

— Paola, tu ne devrais pas me raconter ça. Tu ne mesures pas la douleur.

Elle s'énerve. À vingt ans, elle était mangée par une révolte qui faisait déjà sa beauté.

— Mes parents ont connu la faim, je sais ce que ça veut dire, être au service des autres. Je viens d'une famille de bâtisseurs, les charpentes, les murs, rien ne nous résiste. Arrête de gémir, tu pleures pour rien, c'est insupportable. J'essaie juste de t'expliquer ce que je vis.

Paola sait combien la vie est dure pour ceux qu'on a abandonnés, les pauvres, les déracinés, les exilés économiques, politiques. Son rêve de lumière, son désir de vie sont plus forts que moi.

Jalousie

Tu t'insinues en moi. Tu me ronges, cherches la faille, espères ma chute. Tu trouves enfin la béance, tu t'y loges, tu manges l'intérieur de ma tête, tu te goinfres de mes artères, vésicules, utérus, bile, rate, foi, vagin, urètre, moelle. Tu bouffes le sang. Tu t'en délectes. Les planètes et les astres n'ont plus de prise sur mon destin. Je fabrique un antidestin, moi qui suis née au croisement du Mékong et de la plaine alluviale de la Chao Phraya. Mais tu te fous des origines. Tu t'engouffres dans la part la plus essentielle de mon être : la région du cerveau où logent les émotions qui m'angoissent et me tuent. Tu fabriques patiemment mes aliénations. Tu te sers des histoires tordues de mes père et mère, de ma peur névrotique de l'abandon. Tu fais du geste de trahison ton nerf de guerre et mon épine dorsale. Tu me meurtris. Et tu le sais. Tu m'éloignes de la femme que j'aime. Tu cartographies ses défauts, sa dureté, son égoïsme. Tu effaces sa beauté. Tu produis des fictions. Tu répertories les points d'accroche. Tu inventes ma colère. Tu consolides la sienne. Tu es lâche, tu es veule, tu es putride. Tu m'aveugles. Je te hais, jalousie.

Tu repères mon fonctionnement, mes faiblesses, mes tentations. Tu mets en place un dispositif truffé de miroirs où je vois la chose et son envers. Tu romances. Tu fais émerger des signes que tu m'envoies en pleine figure et qui, soumis à mon interprétation, des heures durant, se muent en douleur. Les heures de jalousie sont si longues. Tu insultes ma mémoire, mes émotions pures, mes pulsions positives, ma joie de vivre. Tu es un fil de fer, une haie de barbelés. Tu ignores la tendresse, la douceur. Tu m'accapares, fourbe. Bien sûr, je suis complice. Je m'engouffre dans une souffrance vaine, ridicule. J'ai l'obsession du mensonge et je ne connais que trop ses effets pervers. Pourtant, je laisse la porte ouverte aux doutes. Je traque les ombres, l'extrême descendant de l'ascendant, comme en astrologie. J'accorde trop de place aux paroles du dehors, jusqu'à en perdre la raison. Parfois, seule, la nuit venue, je plonge dans une prison mentale où on me trahit et m'abandonne. Je sors hirsute et affaiblie de ces instants où tu règnes. Tu es devenue ma maîtresse. Je refuse l'assujettissement. Je déraisonne. Je cours dans une forêt tropicale que je défriche à coups de machette. Je découvre des arbres magnifiques, des singes hurleurs, des sons inédits, une temporalité neuve. La moiteur des lianes et des bananiers me protège. Je bois l'eau d'une cascade. Je trouve une barque en bambou sur les bords de la rivière. Je pars. L'embarcation prend de la vitesse. Sens-tu la fraîcheur ? Ton vent empoisonné s'est éloigné de moi.

Square Louis-Jouvet

Le théâtre de l'Athénée-Louis Jouvet abrite le spectacle de mes désirs. On joue *Dans la solitude des champs de coton.* Sur le plateau, un grand bassin, une eau verdâtre. Je suis cette piscine à débordement qui charrie un torrent de conflits et de tristesse. Intranquille, j'observe les relations de désir et de pouvoir entre le client et le dealer. L'espace sonore fait monter en moi des bouffées d'angoisse. Armes au poing, ça tire dans tous les sens. Les deux hommes s'affrontent. Ils n'ont rien à perdre. Moi non plus. J'ai envie d'elle, à côté. Mon regard glisse de la scène à son décolleté qui ne cache rien d'un 90 F. J'observe les seins lourds, le ventre mou, ne revenant pas de mon appétence pour cette chair nouvelle. Je ne suis pas éprise de son corps. Mais de son désir. C'est invariablement la même surprise quand une femme me manifeste un intérêt sexué. L'étonnement de susciter le désir. Toujours. Le regard posé sur moi m'éprouve, me gêne. Il ne dissimule rien. Il y a eu le voyage de presse à Vienne où je ne lui ai pas adressé la parole. Je remarque ses yeux qui mangent son visage. Puis une soirée alcoolisée dans une galerie d'art à Paris. Tard dans la nuit, on partage un taxi. Éva me drague ouvertement. Je ne dis rien. Je paie, je rentre, je dors. Elle décide alors de me séduire par écran interposé. Ses messages construisent son énigme et bâtissent son image de mante religieuse. Je capitule vite sous le pouvoir des mots. Je glisse, je lâche, je réponds sans ambiguïté. Puisqu'il faut être deux pour jouer, j'ai décidé de l'emmener au théâtre. Boire un verre au Foyer, rester encore un peu dans les dorures, la chaleur moelleuse des velours. Sortir du restaurant qui abrite une autre forme de comédie. L'idée de l'embrasser square Jouvet m'effleure. Je n'ose pas. Paris est le petit théâtre de mes baisers. Rue Saint-Sulpice, Sophie m'arrache la langue sous les fenêtres de Catherine Deneuve, médusée. Rue Blanche, Jeanne baise ma bouche. Nous sommes surprises par une pluie d'été. Paris est vide. La rue est à nous. Je pourrais la prendre sur le capot d'une voiture, là, devant le bistrot « Au temps qu'il fait », personne n'y trouverait à redire. Rue des Martyrs, Laure fait son marché. Entre l'étal de viande et les légumes, elle hache menu ma langue qu'elle manque d'avaler. Paris ou la cartographie de mes désirs. Tes rues sont chastes : *no sex, just kisses.*

Mon amatrice de théâtre m'embrasse. Il est une heure cinquante, métro Opéra. Intersection des lignes 8 et 3. Timide, je lui offre mes joues. Elle resserre l'étreinte. Je sens le poids de son corps. Elle tourne la tête. Elle veut plus. Elle veut clore fermement nos bavardages par la promesse implicite d'une après-midi de langues emmêlées, de sexes mouillés. J'aime dans l'amour l'impermanence temporelle, les heures où les corps gémissent. Ton souffle dans mes oreilles, ta langue qui me gobe. Tu chuchotes. Arrête. Il est encore temps. Nous n'avons pas encore basculé. Arrête. Tes mains explorent cette zone qui t'est inconnue. Une partie de toi refuse la sexualité entre femmes. Je n'ai peur de rien. Je n'attends rien de toi. Et, déjà, je t'aime. Nos corps flottent entre deux jouissances. Je suis dans le XVIIIe arrondissement. Encore. À croire que je ne baise que dans le nord de Paris. Lamarck-Caulaincourt. C'est l'après-midi. Une chaleur inhabituelle pour la saison. Un appartement haut perché. La vue sur les toits de Paris. Le Sacré-Cœur m'inonde. Encore. En contrebas, une enseigne, avec l'inscription « Cirque », repose sur un toit de tôle froissée. Éva me raconte la mort de sa famille, décimée pendant la guerre, puis celle de ses parents dans un accident de voiture. J'écoute son histoire et je me demande d'où vient mon attachement systématique pour les êtres abandonniques. Comme une reconnaissance du familier ou une identification au semblable. Je jouis entre les doigts de l'amante lamarckienne. Je rêve de sa langue sur mon sexe. Mais elle ne vient pas, elle me refuse cette intimité. Sa langue stoppe l'exploration bien au-dessus de la ceinture, s'interdit l'infréquentable zone de plaisir. Tu censures. Tu refuses. Une autre fois, je viens la nuit. Éva a disposé des bougies dans l'appartement. Elle a préparé des antipasti et du vin italien. On abandonne les miettes et les pelures de fruits sur la table basse. On baise sept heures durant. Elle me touche. Je jouis. Je la touche, la réveille, elle m'agrippe, me tire les cheveux comme font les types aux blondes dans les films porno. Nous sommes des salopes d'un soir. J'ai perdu tout repère temporel. Dans un souffle, elle murmure mon prénom. Nuit d'entre les désirs. Elle gémit. Elle répète à l'envi *encore*. Je poursuis mes caresses. Le rythme binaire la fait chavirer. Mes doigts à l'entrée de son sexe. Puis mes doigts qui glissent dans la fente de son sexe. Elle va venir. Elle va jouir pour la quinzième fois. Elle ne retient plus rien. Le cri rauque se brise dans la nuit. On s'endort. Je prononce des phrases apaisantes : il faut que tu dormes, mon amour, fais un effort, trouve le sommeil. Le soleil fait son apparition. J'ai passé une nuit blanche à exulter entre des mains baladeuses. Tes étreintes me rappellent à l'existence. Je me sens vivante. Tu me chavires. Tu me fais souffrir. Cette nuit-là, tu me dis, le vrai, c'est le corps. Alors, je tâche d'éprouver ta chair. Tes étreintes me laissent des bleus dans le dos et au-dessus du pubis. Pendant l'acte, tu t'égares, tu m'assènes des coups et j'en redemande. Où as-tu appris ces gestes, d'où vient ce nuage de tendresse et de violence? Tu voles les heures au quotidien. Tu fais des heures sexuelles un temps plein. Mais ce temps ne remplace pas le vide grandiose qui m'encercle et m'éloigne de toi.

Nuit lamarckienne

Éva ne quitte jamais l'écran. Je lui en veux de me traquer sur la Toile. J'ai la tentation de disparaître du site et me rendre invisible de la plateforme de dialogue. Qu'elle perde ma trace, la garce ! Au labo, je suis devenue une cybermachine. Un robot écrivant. Yvonne est passée à la vitesse supérieure. Elle veut qu'on porte des badges et désire contrôler ainsi nos entrées et sorties.

— J'ai demandé une votation pour obtenir des badges. Je souhaite savoir si chacun fait bien trente-cinq heures.

Dans nos contrats de chercheurs, il n'est fait mention nulle part de quota horaire. Ma collègue Bénédicte se décompose. Son bureau au sous-sol n'est pas chauffé. Elle travaille chez elle ou bien à la bibliothèque. L'équipe signe une pétition, discute de la stratégie à adopter. À la machine à café, on espère qu'Yvonne se fera virer pour abus de position.

Après trois changements de métro, mes pas me mènent encore dans le nord de Paris. J'ai besoin d'éprouver ma chair. Sentir mon corps vivant. Toucher Éva. Sentir sa chaleur. Provoquer, initier, prolonger une autre rencontre sexuelle. Me frappe chez elle sa capacité d'abandon. On est sur le lit. D'un accord tacite, on évite la bouche, le sexe. L'absence de trou amplifie chacun de nos gestes, comme si le désir s'éternisait à la surface des peaux. Les mains caressent le dos, les épaules, le ventre, les jambes. On garde nos vêtements. Avec toi, j'apprends le silence. Le mois de décembre est particulièrement venteux et humide. Les nuages dans le ciel avancent vite. Un avion déchire l'épaisseur grise. Je suis en vie. C'est bon de te retrouver, Éva. Sentir tes bras. On fait l'amour à l'américaine. Comme dans certains films des années quatre-vingt, on reste expressément habillées. C'est charmant. Je t'en prie. N'expose pas ton sexe. Garde pour toi son odeur. Ne m'absorbe pas avec tes baisers à ciel ouvert. N'écoule pas ta salive dans ma bouche. Sois sèche. Ça t'aidera à te sauver de moi.

Je veux sa douceur, sa chaleur. Elle souffle. Haranguée par le désir, elle tremble. J'hésite à poursuivre. J'émets faiblement un *non*. Elle fait basculer mon indécision avec cinq mots. « C'est la dernière fois. » Je plie. D'accord, puisque c'est la dernière fois, je veux bien. Alors, doucement, j'installe mon amante. Elle prend ma bouche. Force ma langue à absorber la sienne. Ouvre grand ta bouche. Embrasse-moi. Le zip du jean est le seul bruit perceptible dans l'appartement. Tu m'as encore embarquée. Tu es émouvante lorsque tu chuchotes si bas « je veux sentir ton corps ». La nuit, l'espace-temps est si rétréci. Tu as perdu ta loupe qui dissèque le réel. Tu laisses de côté l'indécision. Je sens tellement ton amour pour les femmes. Ton désir puissant pulvérise et conforte ta peur du féminin. C'est un trajet paradoxal qui t'aide à accepter ton ambivalence sexuelle. Souviens-toi de la conférence de Michel Foucault, « Le corps utopique ». Sur YouTube, on peut voir le corps du philosophe, entendre sa voix, son élocution célèbre comme un sabre japonais : « Si on aime tant faire l'amour, c'est parce que dans l'amour le corps est *ici.* » Le corps vrai est ici et maintenant. Il ne ment jamais. N'aie pas peur, mon amour. Je ne mens pas quand je baise. Je n'ai rien à cacher. Je ne dois répondre à aucune question. J'aime cette économie de la langue car j'accède au corps pratique.

J'ai passé la nuit chez Éva, sans prendre le temps de repasser chez moi, le lendemain. Je remets les vêtements de la veille et mets son parfum. *Allure*, c'est chic. Ça va bien avec ma tenue de conférencière, comme elle dit. Cachemire noir et velours. Ça m'enrobe dans un nuage invincible. Quelle douceur, cette femme, et quelle impossibilité. Éva est mariée à Samuel, un ingénieur, en voyage la moitié de l'année. Ça lui laisse l'autre moitié du temps pour baiser avec tout Paris en jupon et briser chez elle un tabou essentiel. Éva écrit des pièces de théâtre radiophoniques. Elle a choisi la désincarnation du corps pour vivre dans un monde de voix. Sur le site de Radio-France, j'écoute l'émission. La pièce porte sur une intrigue amoureuse. Dans un monologue extrêmement comique, une femme parle de sa double vie. À ce moment, je comprends Éva qui fait de la trahison un geste de création. Elle ne peut qu'accepter le principe de dualité qui régit son existence, et oppose deux sphères du désir, l'un féminin, l'autre masculin. Quand je la revois, je me garde de tout commentaire. Grâce à l'amante des quartiers Nord, j'assume les pulsions de vie qui me relient aux autres, j'accepte d'être dans le monde. En ton absence, Paola, hors de mon désir pour toi, loin de ton sexe, j'entre dans l'hiver.

L'analyste 3

Elle trouve toujours une phrase, courte et bien sentie, avant même que je prenne place dans le fauteuil club. En réalité, la séance commence quand elle touche la poignée et ferme la porte, concentrée. Je connais la lumière tamisée du cabinet, les tableaux posés à même le sol, les objets. J'ai à peine le temps d'enlever la veste ou le manteau. Il n'y a pas une minute à perdre. Mon analyste mène la barque.

— Comment se passent les moments d'angoisse et de non-action ?

Ma réponse évasive ne la décourage pas. Elle poursuit :

— Vos frères et sœurs, enfants, dormaient-ils aussi avec votre mère ?

Nous y voilà. Elle va me faire le coup du complexe d'Œdipe inversé et expliquer mon homosexualité.

— Enfant, puis adolescente, quand mon beau-père partait en mission aux quatre coins de la France, je retrouvais le lit de ma mère. Je prenais sa place. Ça me rassurait. On s'endormait en regardant la télévision. Je me sentais en sécurité.

L'analyste absorbe patiemment mes névroses. Je regarde par terre, gênée de trop parler de moi. En mon for intérieur, je me demande comment elle supporte ça, les gens qui se parlent à eux-mêmes, qui parlent d'eux-mêmes. La trentième minute sonne. Je reste sur ma faim.

— Est-ce grave de dormir avec sa mère ?

— Cela peut expliquer votre problème de détachement par rapport à la mère, mais aussi aux autres femmes.

Je sors de la séance, un reste de larme collé au mouchoir.

Les adieux

Les nuits d'amour sont longues. Je revois Éva une dernière fois. Surgissent alors les mots interdits. Je répète les trois mots, distinctement, dans les heures bleues qui se transmuent en matin orangé. J'aime faire l'amour dans ta chambre, perchée au dernier étage. Tu trouves le chemin de mon sexe. Tu n'as plus peur. Tu t'abandonnes, entre frissons et rires, tu lèches le corps, tu fais gonfler le clitoris. Tu jouis de ton pouvoir. Demain, tu pars plusieurs mois aux États-Unis rejoindre ton mari. Tes bagages gisent sur le parquet. Livres, revues et accessoires s'encastrent dans la pile de vêtements. Tu demandes de l'aide pour fermer les deux grosses valises noires. Ce dernier jour d'amour laisse un parfum amer. Sur mes lèvres viennent les mots qui scellent notre intimité. En rafale, en série, par dizaines. Je t'offre une pluie d'amour. Car je veux que tu gardes de nous des souvenirs heureux. Tu lis dans mes pensées :

— Ce qui s'est passé entre nous, il faut s'en servir pour tenter de répondre à ce qu'on veut et à ce qu'on ne veut pas ou plus.

Tu dis :

— Tu ne savais pas l'ampleur que cette rencontre allait prendre, moi non plus. Je ne pensais pas que l'idylle allait durer.

On fait l'amour dans un creux, en liberté conditionnelle. Dans quelques heures, tu entreras dans le temps des aéroports. Tu arriveras à JFK. Après la douane, Samuel t'ouvrira ses bras. Il hélera un taxi, claquera la portière, t'embrassera, *I love you New York*. Tu retrouveras ta vie. Notre parenthèse se refermera. Nous disparaîtrons dans l'odeur de pancake, de bacon et d'œufs brouillés. En prévision de cette disparition, je m'abreuve du parfum qui vient du creux de ton cou. Si je connais très bien les effets du manque, j'ai peur, car j'ignore le remède contre la puissance de l'étreinte. Jusqu'aux derniers instants, avant la douche, avant le taxi qui t'emmène à Roissy, on jouit en se regardant. On ne jouit qu'en se regardant. Je sais que nous n'allons plus nous revoir. Je refuse la mélancolie. J'exècre les larmes qui troublent pourtant mon regard. Tu vois un sanglot monter dans ma gorge. Tu me demandes de te regarder. Je continue de te baiser sans soutenir ton regard. J'avale l'océan qui me sépare déjà de toi. Je hais le romantisme, les dépressifs, les sentiments dégoulinants. Je veux garder un souvenir net de toi. La force de ton rire, la blancheur de tes dents, la douceur dans tes yeux. Pour me consoler, je garde en mémoire ton appartement dont les murs secrets portent encore notre souffle.

Transaction

Il y a l'histoire passée, avant l'informulé des émotions, puis la peur du réel. Je couche avec des femmes qui ne sont pas Paola. Je suis saisie par la sensation de passage, sa matérialité. Le mouvement est toujours identique. On passe, on traverse la vie de l'autre, on glisse la tête derrière la porte ou le doigt dans un sexe, on fait vite, comme s'il y avait une urgence. Les corps circulent. Éva est un amour de passage, elle m'a prévenue. Les mots, les rencontres, tout laisse des traces. Je garde le goût d'un secret, je suis une mémoire pour deux, je fabrique notre histoire comme on fabrique une fiction, mot après mot. L'amour exige une matière. Il fait appel à la chaleur, à l'humidité, à la proximité du regard, à l'intimité. Ce rapport-là, je ne l'oublie pas tant il est frontal. Paola ne passe pas, elle n'échappe pas. Paola n'est pas un corps de passage, mais un lieu d'ancrage. Je pardonne car rien n'est grave. J'ai effacé les gestes, mais parfois tout revient. La mémoire peut-elle retrouver tous les détails ? Comment fabrique-t-on les souvenirs ? J'aimerais fuir l'absence, Paola, m'enfouir dans le « ça » d'avant les mots, je voudrais m'échapper. Tu donnes, tu reprends, tu laisses en suspens. Il y a dans l'échange amoureux une transaction. Dans l'absolu, je voudrais que le plaisir fasse corps avec un réel, non soumis à des règles. Je veux te dire, Paola, que j'ai peur de passer à côté de toi, malgré ton égoïsme. Les rencontres ne changent rien. L'amour a un prix, il nous efface, il nous fait rêver jusqu'à la destruction de sa propre image.

Surgissement

L'improbable nous gouverne. Le monstre sans visage au fond de mon ventre, solidement accroché, c'est notre enfant mort. L'enfant qu'on voulait avoir ensemble, Paola et moi. Dans chaque coin du monde, à Bangkok, à Paris, à Bombay ou dans un village en Auvergne, deux femmes font l'amour. Après le plaisir, elles chuchotent les mots de l'amour, elles disent :

— J'aimerais faire un enfant avec toi.

Je pense à la parthénogenèse. J'ouvre le dictionnaire et lis : « La parthénogenèse est la multiplication à partir d'un gamète femelle non fécondé. Ce phénomène s'observe chez certaines espèces végétales et animales, mais peut également être provoqué artificiellement. Cette reproduction monoparentale a un avantage sélectif car elle produit un grand nombre d'individus sans la présence de l'organisme mâle. » Dans des vallées secrètes, sous des tonnes de terres feuillues et verdoyantes, se cachent des hôpitaux et des laboratoires. Les scientifiques dissimulent aux lesbiennes, aux gays, aux couples stériles la possibilité de créer une filiation qui pourrait surgir du fond des éprouvettes. Des embryons peuvent grandir de nos ventres sans semence masculine. Paola et moi pouvons avoir un bébé brun, la peau dorée, les yeux bridés. L'enfant matrice. L'enfant aux deux mères. Je me souviens d'un film danois, un conte parthénogénétique, un *thriller* biologique où une femme parvient à avoir un enfant en utilisant ces nouvelles technologies. En sortant du cinéma, le film nous laisse une impression médiocre, mais il fait naître un désir. Je me souviens d'une nuit, Paola, on rentre d'une soirée costumée. Tu es belle, tu es joyeuse, tu ris. Pourquoi nous sommes-nous abandonnées pendant ce trajet ? Paola, tu me penses immunisée, tu te trompes.

Je regarde par la fenêtre, j'ai l'impression d'avoir vingt ans ce soir. Les lumières sont éteintes, sauf le Sacré-Cœur qui ressemble à un gros gâteau blanc. Paola habite vers cette région d'eau, de sucre, de glace, de pomme d'amour. Je pense à Roland Barthes. Sur ma table de chevet, je garde *Fragments d'un discours amoureux*. De la passion amoureuse qu'il faut dire ou taire, Barthes écrit : « Il faut que cacher se voie », comme des lunettes noires dissimulent l'inconstance du regard, le plaisir, la fatigue ou la souffrance muette. Les jours de souffrance sont presque loin, c'est la fin de l'été. L'écho de la mer Noire n'a pas couvert tout à fait le bruit des sanglots. L'automne sera peut-être propice à la réconciliation.

Stratégie de la rupture

J'accepte la suggestion de mon professeur de yoga. Kate me propose un *road movie* Paris-Saint-Palais. Le yoga m'a sauvée d'un certain nombre de situations, surtout quand la psyché cède au corps qui prend le relais et souffre, se bloque, échoue à fonctionner.

— Partons samedi matin à huit heures pour profiter de la lumière de Saint-Palais. Le dimanche, on pourra se promener un peu, après les huîtres et le café. Ce petit voyage va conjurer le mauvais sort. Et puis, rien de tel qu'un plateau de Gillardeau pour faire passer les ruptures, surtout celle-ci.

Comme chez Mishima, le coup de lame éprouve la chair, pénètre le corps. Ça pique sous l'effet de la surprise, ça hurle. J'ai souvent répété le scénario de la séparation, dans mon esprit. Comme un metteur en scène inexpérimenté, j'imagine des scènes qui sont toutes aussi fragiles et incertaines. Sur la porte de notre frigidaire, inscrit en violet : *No drama dyke*. À l'époque, l'expression nous faisait rire. L'opération de sauvetage endigue les larmes, les frictions, les allers-retours, la charge destructrice du conflit. Paola avait tenté de me faire comprendre qu'on peut aimer plusieurs fois, dans une seule et même existence. J'aurais aimé admettre plus tôt qu'on peut aimer plusieurs personnes en même temps. Son parfum a disparu des oreillers. L'absence du corps. La poitrine androgyne. Asthme. Crise d'air. Arrêt cardiaque. Fin de l'amour. Fin de la respiration amoureuse. Le sang n'afflue plus dans le cœur. Écroulement. On est seule face à soi-même. Qui est la personne dans le miroir ? Quelle est cette forme, ce reflet ? Je suis un être plastique, entre l'indécidable et la perte. Quand je redeviens moi-même, je m'agite comme un beau diable. Vite, je trouve des parades. Sortir, m'abrutir d'art, courir les vernissages, les expositions, les pièces de théâtre, les opéras, les petits voyages, passer de bras en bras amicaux, connaître le sommeil des canapés étrangers. Fuir, se rencontrer de nouveau. La solitude, c'est les noces barbares de soi à soi.

« Claire, reprends ton visage. Redeviens toi-même », fait dire Genet à l'une des sœurs.

Perdre le masque, effacer les contours du maquillage, se déprendre de soi, sans faux-semblants, être nue, démunie. Tout passe. Ça glisse. L'autre, qu'on attendait en secret, respire chez elle, elle dîne sans vous, rit avec d'autres. Elle voyage sans vous. Elle danse jusqu'au bout de la nuit. Elle aime d'autres corps. Elle ne pleure pas. Elle se réveille dans l'odeur d'autres peaux. Elle va bien. Elle répertorie dans un coin de sa mémoire la sensation, l'exotisme de votre peau dorée, les éclats de votre rire, la douceur de votre sexe, la beauté de votre voix qui respire mal depuis l'enfance. C'est sottise de s'obstiner face au refus, au silence. Paola le premier amour, la jeune fille de vingt ans, s'est transmuée en étrangère. Je la revois, jeune, dans une chambre ocre, hors du temps, hors de l'espace.

J'entreprends le *road movie* poétique avec Kate. C'est un voyage sacré pour elle. Elle doit lire le livre de son amant, originaire de la région. Le dimanche matin, elle fait des prises de son pour un projet de court métrage. Nous devons chacune produire quelque chose ; je me fixe d'écrire le chapitre de la rupture. On quitte Paris à huit heures. Six heures de route. Sur la chaîne stéréo, Bach, les *Variations Goldberg*, la bande originale d'*In the Mood for Love* pour la mélancolie, *Mission : impossible* pour l'adrénaline, et enfin, pièce maîtresse, *Stratégie de la rupture* de Wim Mertens. On traverse le périphérique, on s'engage sur l'autoroute, Orléans, Tours, Poitiers, Saintes, Royan, Saint-Palais. La mer. On prend le chemin des douaniers, en longeant la côte, vers le café Le Nausicaa qui me fait penser à Duras, on boit un chocolat chaud, Chez Bob, face à une tempête de mer. La nuit venue, on accomplit le chemin inverse. Kate capture l'océan qui apparaît comme une photographie en négatif. L'écume des vagues, les buissons ardents chatouillent les pantalons mouillés. Comme promis, on mange des huîtres, je laisse le poisson, le fromage, le dessert, j'ai l'estomac noué. Kate et moi dormons à hôtel, je prends un bain qui me fait pleurer. Kate me masse avec des huiles essentielles. Elle me donne un cours de yoga au petit matin, sur la plage. On prend la route de la côte sauvage, ça sent l'océan, très fort, des poignées de vagues blanches. Chacune fait son petit voyage. Je remplis mon paysage intérieur de forêts de pins. Je crève de liberté. On voit le panneau Marennes, on s'arrête dans un bistrot à Oléron où s'écrit cette histoire, on entend des hommes de l'île parler du tiercé, on remonte vers le nord, on a fait ce qu'il fallait. Durant ces deux jours, je comprends des mécanismes complexes. Mon corps a encaissé la douleur, le manque. Mon cœur a terminé sa cure de désintoxication. Je n'ai pas de larmes, la souffrance a tout séché, la mémoire s'est figée. J'ai tant lutté, charrié des vagues d'angoisses, des océans de cauchemars. L'absence m'a appris ce que veut dire la fin d'un amour, la vérité de cette fin. Elle m'a libérée d'un monde peuplé de fictions, de fantasmes, de chimères. Je grandis. Je refais ma vie. Je ne veux pas intervenir dans la structure narrative d'une histoire autre que la mienne.

Les grilles

Les règles sont faites pour être détournées, surtout quand le hasard s'en mêle. Je rencontre Emmanuelle dans un bar du Marais. Après ma séance hebdomadaire chez l'analyste, j'ai l'habitude de boire un verre dans un café, au croisement de la rue du Roi-de-Sicile et de la rue Vieille-du-Temple. Accoudée au zinc, Emmanuelle grignote des arachides grillées et siffle des verres de campari. Elle est plongée dans la lecture du *Canard enchaîné* et se marre avec la barmaid. J'ai toujours aimé m'asseoir au zinc des bars parisiens. Le cuivre brillant, les hauts tabourets, la proximité avec les bouteilles me donnent une légère impression d'ivresse. Emmanuelle lève les yeux. Elle me regarde la regarder. Elle s'approche de moi, l'haleine chargée.

— Je suis TZR sans poste, juste avec un RAD !

— Comment ?

— TZR... Tzzzz, comme les mouches qui passent. On les chasse d'un revers de la main. Je suis Titulaire de Zone de Remplacement. Prof de musique. J'apprends aux gamins à jouer de la flûte. L'état de mes oreilles à la fin de la journée !

— RAD, pour « rien à dire » ?

— Nan, Rattachement Administratif.

— Enchantée, moi je suis...

Soudain, elle sort du champ de vision, glisse du tabouret, entraîne la bouteille dans son sillon et se retrouve dans une flaque. Je l'aide à se relever. Elle a du chien, avec ses grands cheveux bouclés. Une beauté un peu effacée, délavée. Elle ressemble à une petite chose fragile, cassée. Emmanuelle a l'air surmenée. Levée tôt le matin, métro, RER, train de banlieue, bus bondé, élèves chahuteurs, collègues éteints, dépression sourde dans la salle des profs, l'ennui qui crève les tympans. Il ne se passe pas un jour sans le désir de démissionner, mais comment payer son loyer ?

— Le plus dur, ce sont les transports en commun. J'enseigne vingt-cinq heures par semaine et j'y suis presque tous les jours.

— Impossible de modifier ton emploi du temps ?

— Ce n'est pas faute d'avoir essayé. Le premier jour, je me pointe au secrétariat, j'étais sans poste depuis deux mois, ça les faisait enrager au bahut. La porte à peine franchie, le principal me tombe dessus. Il occupe un grand bureau, alors que les secrétaires se partagent un réduit minuscule. Il ferme la porte, il ressemble à un connard de Père Noël avec sa barbe blanche, mais un Père Noël à la Victor Hugo, tu vois, une sorte de moraliste à la noix, un oiseau de malheur dont l'apparition annonce le pire.

— Madame, vous restez chez vous à ne rien faire depuis deux mois.

— Monsieur, c'est inexact, je me suis manifestée auprès du rectorat. Je ne suis pas chez moi à ne rien faire. Je suis musicienne dans un groupe de...

— Vos activités personnelles n'ont rien à voir avec le collège. Que vous jouiez de la harpe ou brodiez m'importe peu. Vous êtes à la disposition du ministère et je vous demande de prendre vos classes dès demain. Mon devoir d'employeur est de vous utiliser. »

Emmanuelle me décrit le regard du bureaucrate, la haine, le mépris pour les femmes. Elle lui explique ses difficultés.

« Allez voir les jeunes collègues dans la salle des profs. Vous y verrez un découragement généralisé, les salaires qui n'augmentent jamais, la vie chère, les loyers à Paris. Vous qui êtes dans ce bureau, savez-vous ce qu'est l'humiliation face à des élèves agressifs, ceux qui vous jettent des projectiles quand vous avez le dos tourné ? Et, la cerise sur le gâteau, l'inaction de l'administration ? »

Emmanuelle imite le vieux qui la toise et reste interdit. Elle est ivre, incapable de rentrer seule. Je propose de la ramener en voiture. Elle ne se souvient plus de son adresse, alors je tourne en rond et finit par la ramener chez moi. Il fait très froid. J'allume un feu. Elle s'endort sur la méridienne. À la lueur de la cheminée, les traits sont doux et trahissent ses quarante ans. Je suis réveillée par les bruits de la rue. Paris s'illumine, les troquets ouvrent, c'est jour de marché, on entend la clameur des petits commerçants.

Ils ont pris leur café-croissant à Rungis, dans le camion chargé de fruits et légumes. De mes fenêtres, les couleurs bigarrées s'étendent sur des kilomètres de nourritures terrestres. Emmanuelle devrait être en chemin pour le collège. Elle est bien mieux entre ces draps. *No sex last night.*

L'amour à Châtelet

Comment ne pas l'adorer ? Yeux de velours, regard sombre relevé d'un trait épais, brushing impeccable, peau délicate, là, juste au-dessus de la paupière. Une vraie biche, je vous dis. Juliette est sublime. Chaque mois, elle m'envoie un dossier épais qui détaille le programme de l'opéra. Elle est attachée de presse. Je lui réponds, à quelques variantes près :

— Bonjour, j'ai bien reçu les visuels. Je serai à la première. Accompagnée. Je vous remercie. Bien cordialement.

En grande professionnelle, Juliette me répond oui bien sûr, avec plaisir, je vous souhaite une bonne journée. Un dimanche matin, je la croise rue Saint-Denis. Elle semble être tombée du lit. À huit heures trente-six, elle ressemble beaucoup moins à la troublante créature chic des soirs de première. Mais même vêtue d'un vieux jogging gris et d'un gilet coordonné, elle a une grâce naturelle, une élégance. Juliette a du chien. Nos regards se croisent. Elle fait semblant de ne pas me reconnaître, prise par sa conversation téléphonique. Ça m'arrange considérablement. Je ne suis pas douchée, je porte les vêtements de la veille. La métamorphose s'opère à l'occasion de *La Mouche*, mis en scène par David Cronenberg. Derrière son comptoir surélevé, elle me donne les invitations, deux fauteuils à l'orchestre, je lui offre mon livre. Polie, elle sourit, remercie. Le lendemain, elle m'envoie un mot très chaleureux. En retour, je lui envoie au théâtre un bouquet de fleurs. C'était un geste spontané, sans arrière-pensée. J'adore les lis. Juliette et moi débutons une relation amicale qui dure le temps de la programmation de l'année. *Les Vêpres de la Vierge*, *La Generala*, *Le Lac des cygnes*, *Die Feen*, *La Pastorale*, *La Flûte enchantée*, *A Little Night Music*. Je ne comprends pas immédiatement qu'elle me drague.

— Ben ça saute aux yeux, me dit Jacques qui m'accompagne à la version sud-africaine de *La Flûte enchantée*. Elle te mange des yeux, c'est gênant, d'ailleurs, je ne reste pas au cocktail pour tenir la chandelle.

Juliette est dans l'embrasure de la porte. Elle me demande si j'ai aimé le spectacle.

— L'orchestration est réussie, mais le spectacle manque de rythme. C'est nettement en dessous de la mise en scène de Scarpitta, vous ne trouvez pas ? L'interprète de la Reine de la nuit m'a donné envie de partir tant elle chante faux.

Juliette sourit, on se dirige vers le bar où se tient un cocktail, sous des lumières roses. Le champagne ne m'aide pas, je frémis, je rougis, je bafouille. Juliette me parle. Je la bois du regard. Elle me propose de souper au Zimmer, mais je décide de rentrer avec Jacques qui s'ennuie ferme.

Je dors à peine. Le matin, je lui envoie un message écrit durant une nuit encombrée de désir.

— Vous aimez le théâtre ? J'ai deux places pour *Philoctète* à l'Odéon. Terzieff est, paraît-il, éblouissant.

Le choix est parfait. Je la vois monter la rue de l'Odéon, les cheveux courts. Elle s'approche, légèrement maquillée, la bouche superbe. Elle incarne l'élégance absolue dans un corps svelte. De *Philoctète* je n'ai rien retenu. Au bar du théâtre, je tremble, je renverse sur ma veste mon verre d'eau gazeuse. Elle sourit, me tend un mouchoir. Elle est sublime. Mon trouble est visible. Elle rit, maintenant. Elle me caresse doucement le dos. C'est l'hiver. Il fait froid. Nous sommes sur les marches de l'Odéon. D'autres spectateurs se sont attardés.

— Venez, on va boire un verre dans un lieu où il fait chaud, où ça sent bon. Aimez-vous le cognac ? La cave est superbe.

— Vous m'emmenez au paradis ?

— Rue des Petits-Carreaux. Chez moi.

Accélération cardiaque garantie. Juliette me sert un verre de cognac. Elle m'embrasse, je m'affole. Je baisse sa culotte, je m'engouffre, elle gémit, me tient la nuque, souffle dans mes oreilles, elle est trempée. Nos jouissances se décuplent à la moindre caresse. Elle gémit, m'enlace, me demande de la lécher, encore, ça n'est jamais assez. Je la regarde dormir. Juliette, ta jouissance. Le soleil est déjà là. Je me rhabille, je sors, sous un soleil sec, généreux. Chez Stohrer, je délire de bonheur. J'emporte une myriade de petits pains, des croissants, du chocolat, des tartes salées.

Chez le marchand de quatre-saisons, j'achète une panière de fruits rouges. Chez le fleuriste, je prends un bouquet de roses. Soudain, j'ai conscience que mes gestes se répètent, que les situations sont identiques. Rencontrer, baiser, petit-déjeuner. Pendant deux, trois semaines au maximum. Un sentiment d'absurdité m'accable. Depuis Paola, je ne parviens à me fixer. J'offre mes courses de l'amour à un SDF, dans la rue. Je ne suis pas amoureuse.

Le dernier métro

Je devais oublier Delphine. Arrêter de passer en boucle les parties de son corps. Échapper à ses fantasmes, refuser d'être plus longtemps son plan cul. Delphine et moi sommes liées par un protocole. Je n'ai pas le droit de l'appeler, mais dès qu'elle se manifeste, je dois, toutes affaires cessantes, me pointer chez elle. Je suis son esclave sexuelle. Delphine ne veut rien construire avec moi. Ça ne l'intéresse pas. Elle désire juste baiser et jouir. Elle a un tas de scénarios tordus et filme nos ébats.

— Comment veux-tu que je m'engage ; je suis déjà ailleurs. Et puis, c'est bien comme ça, chacune y trouve son compte, non ?

— Je ne veux pas l'aumône.

Les événements se présentent encore mal ce soir-là. Elle m'appelle. C'est ma soirée bien-être, masque et peeling. Le grain de sa voix est dense, plein. Je la soupçonne de jouer avec une tessiture grave qui me retourne les entrailles, me fait chavirer. Je déteste cet ascendant, je succombe, comme si la fêlure était érotisante. Je me méprise.

— Viens ce soir, viens maintenant. J'ai laissé la porte ouverte. Je t'attends.

Mes résolutions ressemblent à du papier de soie qui se froisse en plein vent.

— Laisse-moi enfiler des vêtements et sauter dans un taxi.

— Laisse aux professionnelles le soin de t'enfiler.

Elle a raccroché. Ce soir, je serai son objet sexuel ou inversement, je ne sais plus très bien. Je me débarrasse du masque à l'argile sous une douche brûlante. Je suis déjà excitée. Dix minutes plus tard, je me maquille dans le taxi qui file vers l'est de la ville, rue des Envierges, dernier étage. Je suis abonnée aux derniers étages. J'appelle l'ascenseur. La porte est entrouverte. Un rai de lumière filtre de la chambre. Delphine apparaît. Je connais ce regard. Il me perd et m'abîme. D'un geste, elle me fait venir près d'elle. Nos lèvres se mélangent, la salive obstrue la respiration. Le sexe est goûté, fort, tout de suite. Le corps s'épuise dans le désir pur. Elle gémit sur le lit, elle crie :

— Ne t'arrête pas. Plus fort, lèche plus fort, oui, comme ça.

J'ai une crampe à la langue, je vois des étoiles, j'avale le corps qui jouit dans ma bouche. Harnachée du gode-ceinture, je la baise sans relâche. La caméra tourne, le point rouge clignote, il faut changer la bande. Il est minuit et trente minutes.

— Attrape le dernier métro, je dois me lever tôt. Claque la porte derrière toi.

J'aurais aimé dormir ici, rester dans les draps blancs,

mais l'ordre est sans appel. Delphine est metteur en scène et traîne une réputation tyrannique, autoritaire. Elle s'impose, elle exige, elle ne s'adapte jamais. Vexée, j'obéis. Je la regarde à peine, claque la porte. Le taxi fait le trajet inverse. Salope.

Une maison à soi

Jacques me livre les instruments de ma torture. Lors d'un déjeuner, il m'apprend que Paola et sa nouvelle compagne ont acheté une maison en Normandie, grâce au pécule de sa grand-mère. La maison est proche des Roches noires. Deuxième coup de poignard, c'était un vieux projet commun.

— On s'est retrouvés porte de Vanves. Entassés dans la voiture, on a roulé vers la Normandie. La maison est assez belle, une terrasse, une cheminée, trois chambres d'amis.

— Je me souviens très bien de son coup de fil ce soir-là. Elle m'a appelée pour me dire que je lui manquais. Elle se fout vraiment de moi. Vous partez en bande à la mer. Mon cerveau malade imagine le plateau de fruits de mer, le vin blanc frais sur la table, les rires qui étouffent le ressac. Tandis que Paola bouffe des huîtres, je suis seule à Paris.

— Je sais combien tu as perdu ces dernières années. Tu sais, à force d'oublier, on oublie vraiment.

— Contre le passé, il n'y a rien à faire. On fait semblant pour donner le change. J'ai fait mon *mea culpa* auprès de Paola. Je n'ai plus quinze ans, je suis responsable de mes actes.

Comme dans un cauchemar, je me repasse en boucle la scène de séparation. Elle est venue prendre ses affaires dans l'appartement. J'ai refusé son départ, j'aurais pu accepter, donner une chance, vivre une belle fin, dire bonne route. Mais non, j'étais égoïste, j'avais si mal. Je casse, je lance ses affaires par terre, je piétine tout, on se pousse. Partout, des livres, des pleurs, des vêtements, des regards. Tu ne peux pas savoir comme je regrette. J'aurais dû la laisser partir, penser à elle, penser à nous, à nos vingt ans, garder en tête la beauté de ses cheveux, son rire explosif, ces yeux-là. Mon corps a choisi la violence car une séparation est faite de ça et je ne le supporte plus. C'est terrible ces moments-là. On se sépare corps et âme, on disparaît de la vie de l'autre, on a peur que l'autre meure, on a peur de mourir. Moi, je voulais me jeter d'un pont, tu te souviens, Jacques ? Je voulais ou Paola ou mourir.

— Tu es son premier amour. Maintenant, tu dois accepter la fin, penser à toi.

— Ça travaille en continu dans ma tête, dans mon corps. J'observe un mouvement interne, subtil, imperceptible. Ça prend une forme que je ne contrôle pas.

— Tu peux reprendre le contrôle.

— L'autre soir, elle a appelé vers deux heures du matin. J'étais seule, au fond de mon lit. Je spécule énormément sur la solitude, c'est comme une opération avec investissement sur retour.

— Tu veux dire avec retour sur investissement ?

— Ah bon, c'est comme ça qu'on dit ? Donc, Paola appelle, en larmes. Je lui dis il faut avancer. On s'est construites l'une par rapport à l'autre. On avait peur de la société, peur du dehors, peur des parents. Je me souviens de ses mots : tu es celle que j'ai le plus aimée. Il n'y a pas de point à notre histoire, à la rigueur des points de suspension. Elle appelle en pleine nuit et je lui réponds. Pourquoi je lui accorde autant de place, Jacques ? Pourquoi je laisse la place à ça, c'est ma psy qui parle là, pourquoi j'autorise tout ? Paola lâche les écluses, je me prends dans la figure des tonnes de larmes. Elle est au bout du fil, ça peut durer toute la nuit. Sous mes yeux, en face du lit, des cartons à peine défaits, des années de bordel, les papiers entassés, les feuilles d'imposition mélangées à des cours, des textes de théâtre, des scénarios de cinéma tachés de café. À côté, les vêtements jetés dans des cabas en plastique, pas assez de place dans les sacs de voyage. Tu te souviens, Jacques, elle est partie si vite. De notre décennie, il me reste un canapé, un miroir vénitien, des casseroles pourries. Aujourd'hui, je dois me sauver à mon tour, quitter les terres infantilisantes, renoncer à la fusion de l'enfance.

— Je connais la suite. Le camion, les amis sur la banquette avant. Le déménagement est souvent un bon indicateur, tu as remarqué ?

— On les compte sur les doigts d'une main, les vrais amis, pas ceux qui vous prennent pour un bouche-trou comme dans la cour de récré, ceux qui vous appellent juste quand ils ont besoin, ceux qui disparaissent et réapparaissent comme si de rien n'était, ceux qui vous font faire le boulot et mettent leur nom sur la couverture, ceux qui viennent toujours dîner chez vous mais ne vous invitent jamais sauf pour leur anniversaire, ni ceux qui vous jugent, car eux, ils ne sont rien, juste des satellites autour d'autres satellites.

— Tu es bien dans ce deux-pièces parquet, cheminée, moulures. Et puis cette vue sur Paris. Essaie de profiter de la vie, ne te laisse pas bouffer, reprends ton manuscrit, accepte les invitations, voyage. Arrête de disparaître.

Je pleure devant Jacques, ses mots me font du bien. Je me souviens de Paola, elle se lève, m'embrasse, me câline. Je cuisine, la table de travail est pleine de coriandre fraîchement coupée. À côté, Paola apprend le rôle d'Inès dans *Huis clos*, Inès la lesbienne, celle qui refuse les conventions. Les strates temporelles se mélangent, je suis perdue, je dois sauver ma peau. Faut-il me contraindre à te haïr, Paola, te mettre à distance ? Tu te souviens du clip de Britney qui nous faisait danser ? Un peu ridicule en hôtesse de l'air, elle embrasse dans les toilettes de l'avion un laideron qui se transforme en blond bodybuildé. *You know I am a toxic*. Je couche avec des filles, des nuits de baise, des visages, n'importe qui, juste des corps. De la présence à l'état de chair. Des parfums, pas toujours délicats, des doigts dans mon sexe et mes mains qui flottent, des timbres de voix différents. Je rencontre ces femmes à des soirées, dans les cafés, au théâtre, sur le Net, à la boulangerie, je me spécialise dans la fermeture des bars. On commence à me connaître. L'aptitude à dire oui rend célèbre. Je suis celle qui couche et prépare le petit déjeuner.

— Votre activité, le samedi soir ?

— Prédatrice sexuelle.

Enfance

J'ai trois ans, j'entre en petite section de maternelle. Derrière le portail, je guette ma mère, apeurée, l'œil humide. La maîtresse est gentille, elle s'appelle Mademoiselle Mort, je suis vernie.

Ma mère ne me laissera pas là, c'est impossible. Elle va forcément revenir me chercher, comme me le prédit mon analyste trente ans plus tard. Je ne vais pas faire ça, non, pas le premier jour, pas pleurnicher devant les autres. C'est une école privée de Charente-Maritime où on nourrit les petits enfants au lait de ferme et aux madeleines pur beurre, au son des cloches et des chants religieux. C'est le choc de deux mondes. Le croisement de l'Orient et de l'Occident. C'est la rivière Chao Phraya, les klongs qui bordent la ville, le Mékong, comme un bras de mer capricieux qui engloutit les petites barques de fortune. Dès mon entrée à l'école, je choisis une langue. *La langue de l'ennemi*, disait Genet, la belle langue. C'est le verbe de Perrault, Saint-Exupéry, La Fontaine, l'univers des contes de fées, dessine-moi un mouton gros méchant loup, le baobab et les roseaux sauvages. Je m'abreuve des histoires d'Andersen et des frères Grimm. Je parle trois langues. *Ma fille, à trois ans, tu savais lire !* Mon cerveau polyglotte fait le tri. Voilà du gros grain à moudre. *Votre mère, votre mère, toujours votre mère, les jupons de votre mère, son odeur, sa peau lait de coco. Le premier amour…* Où est-elle ? Dans mon souvenir, ce jour-là, précisément, elle me dépose à l'école après le déjeuner, je devais être souffrante le matin. Elle a dû me garder à la maison, comme une poule en pâte. Elle m'a coupé les cheveux, je sens que la frange est très courte. J'ai un nouveau manteau, en laine vert clair, long, à carreaux, pas très beau. Ça fait beaucoup de changements. J'ai peur de me faire remarquer. Alors je reste bien droite, plantée au milieu du préau chauffé. La veille, je regardais ma mère faire ses prières bouddhistes, les bâtons d'encens brûler sur l'autel en laque rouge.

Ma grand-mère n'est pas encore morte. Les offrandes à Bouddha débordent de générosité ; des couronnes de fleurs, blanches et jaunes, de la nourriture, un émincé de poulet au gingembre, un bol de riz, des légumes crus ou cuits, un bol de bouillon clair, un dessert aux trois couleurs. Je louche sur le menu spirituel. J'imagine un dîner entre revenants aux yeux bridés. J'active les pensées magiques. Quand Bouddha aura englouti ces nourritures terrestres, j'aurai une nouvelle trottinette. Je regarde à la dérobée la figurine verte. *Tu manges trop, gros Bouddha, tu vas bientôt rouler comme un tonneau, avec ton ventre.* La contemplation, la méditation réparent-elles l'âme et le corps ? Le lendemain, lorsque je rapplique, les plats sont intacts et pas une roue de trottinette à l'horizon. Déçue, j'arrête les pensées magiques.

Les enfants sortiront de la cantine, la maîtresse me verra. *Tu es là, ma petite? Enlève donc ce manteau. Viens par là, regarde-moi mon petit chat, on t'a coupé la frange?* Les autres remarqueront aussi, les petites filles, surtout. Je serai pétrifiée de honte. Je n'aime pas être remarquée. Je m'applique à gommer la différence. Mais elle est affichée, inscrite sur mon visage, mes yeux, mes cheveux. Elle tient à ma couleur. Souvent, j'oublie que je suis une étrangère. J'oublie la couleur de ma peau. J'ai l'impression d'être blanche, comme les gosses à l'école. À la maison, la fratrie n'a pas de couleur. Le conflit est ailleurs. Le reflet dans le miroir me regarde. Il me rappelle une évidence. Je suis une étrangère dans ce pays blanc. Yeux bruns, cheveux noirs. Sur une photographie, dans un album posé sur une étagère du salon, une petite fille tient des baguettes, au-dessus d'un plat de sushis. J'exhibe les deux bâtons en bois, j'en apprends l'usage, on immortalise le moment.

Plus tard, quand je commencerai mes voyages aux côtés d'un guide qui ouvre avec sa machette les hautes herbes de la jungle vierge, quand je me trouverai près d'un moine dans un temple ou dans une foule aux yeux bridés, je ressentirai l'étrangeté. Là-bas, là où le soleil dialogue avec les palmiers, les cocotiers, les manguiers, je reste une étrangère. En quelques jours, la nature fait curieusement son œuvre, ma peau devient caramel; je retrouve mon soleil de naissance. En Asie ou en Europe, je n'appartiens à aucun groupe, à aucune communauté, je suis debout, l'œil vif, les lèvres pleines, le visage acéré.

Enfant, puis adolescente, je m'ennuie beaucoup. Pour tromper le temps, je lis. Je dévore les livres que je trouve dans la maison des grands-parents, ceux que mes parents m'achètent, ceux de la bibliothèque. Je fais une liste dactylographiée sur ma machine à écrire. Nom, prénom de l'auteur, titre, maison d'édition, année. Un volume par jour. Dans le grenier de la même maison, je trouve quantité de bouquins plein de poussière, des poches, des grands formats, des romans, des essais, du théâtre, des biographies. *Tu peux prendre les ouvrages que tu souhaites, mais avant il faut nous les montrer, on te dira si c'est de ton âge.* Je transgresse sans le savoir. Une couverture retient mon attention, deux garçons très bruns, assez beaux, la photo semble être prise dans une salle de classe. C'est Montherlant, *Les Amitiés particulières.* J'ai aussi une période où je bouffe les livres Harlequin planqués dans une malle de voyage en bois de camphrier venue des Indes. Je deviens incollable sur les amours sirupeuses. On déroule invariablement les mêmes scénarios, les mêmes corps, les chevelures blondes, les étreintes *straight.* L'héroïne est belle, lui est beau, elle est seule, il vient d'arriver en ville. Ça finit, lui dessus, elle dessous.

Je suis en cinquième, classe sport-études, l'âge ingrat. Lors d'une rencontre avec les parents d'élèves, la prof de français me prend au dépourvu. La vieille femme blonde décolorée me demande ce que j'aime lire. Je réponds du tac au tac Jean-Paul Sartre et Barbara Cartland. Les regards se tournent vers moi. C'est sans appel. Mes parents sont vaguement gênés. La prof de français les regarde, m'observe. Elle ne m'aime pas, je le constate depuis le début de l'année. Peu importe, je m'investis dans le tennis. Je frappe dans la balle, je transpire sur les cours en terre battue ou en *quick*, je bois des cocktails Tropicana achetés avec mon argent de poche au *club-house*, une demi-heure avant le cours. Je façonne mon corps et m'endurcis.

Mes premières années catholiques me donnent un certain goût pour les retraites spirituelles. Mes parents, quoique étonnés par ma requête, m'autorisent à séjourner dans un monastère de bénédictines. J'ai seize ans, je pars réviser mon baccalauréat. Pendant le séjour, je tombe *in love* de sœur Jean-Baptiste, qui s'occupe de l'hôtellerie et des résidents. Ce n'est pas son physique qui me plaît, mais son esprit. Dans mon délire mystique, je rêve de fiançailles avec Jésus, je me rends à tous les offices, je surmonte mes peurs nocturnes et je ne manque ni vêpres ni mâtines. Me fascine la mère abbesse. Elle se tient, debout, hiératique, digne dans sa fonction, élégante dans sa mise. À la fin du séjour, je me confie à sœur Jean-Baptiste. Ne serais-je pas, moi aussi, appelée par le Seigneur ? Fine psychologue, elle remet un peu d'ordre dans mes errances adolescentes : « Veillez, mon enfant, à ne pas confondre l'appel de Dieu et votre fascination esthétique pour les rituels. » C'est bien envoyé, ça claque pas mal. Entre deux fiches de révisions, à l'heure du goûter, elle m'installe dans la petite bibliothèque à l'odeur d'églantine et d'oliban. Elle allume la télévision, me tend une cassette VHS. France 3 a réalisé un reportage sur la vie des religieuses. On les regarde vivre et prier, lire la presse et jardiner. Mon œil se concentre sur une jeune novice qui parle de son expérience ; le renoncement à la vie de couple, la sexualité, la filiation. Je me rends sur un petit chemin qui traverse une forêt de cèdres, j'admire le paysage vallonné. Le monastère est construit au sommet d'une colline. La vue dégagée permet de voir la campagne de loin, rendant la ligne d'horizon très belle. Je réfléchis aux paroles de la jeune femme. Le régime me semble trop exigeant, le renoncement trop grand. À défaut d'être moniale, je serai lesbienne. Mon destin est scellé. *Amen*.

Voyage de presse

TGV. Gare de l'Est. Rendez-vous au bout du quai. Les journalistes réunis, le train part pour le Fonds Régional d'Art contemporain de Lorraine, à Metz. Ce voyage de presse réunit des journalistes qui s'intéressent aux processus de déconstruction des schèmes familiaux. Je devine les blessures, autour de l'exposition « L'infamille ». Je retrouve mon amie Myriam. À quelques mètres de là, une brune se démarque des autres. Son regard bleu acier se pose sur moi. Elle sourit et tourne la tête, comme un papillon. Elle a la vingtaine.

— Pour qui écrivez-vous ?

— Différentes revues.

Je n'en saurai pas plus. On discute, une petite troupe se forme, les conversations se mêlent. J'observe les codes, les vêtements, les chaussures, le langage. Surgit un trentenaire bobo un peu dépressif et efféminé. Il porte une moustache très fine, un jean de marque, une veste en cuir. C'est l'attaché de presse, il nous donne nos billets de train. Mon corps est présent, au milieu des inconnus, mais je flotte. Je ne me sens d'aucun groupe, d'aucune appartenance. On arrive. La commissaire de l'exposition insiste sur la force politique du message, elle veut laisser la parole aux artistes femmes. L'exposition est très réussie. Entre installations vidéo et photographies, les thèmes dérangeants s'agitent entre ces murs centenaires, l'inceste, le désir de tuer la mère, le père, la sœur, le frère. Tout y est. Myriam s'assoit près de Lise au déjeuner. J'écoute vaguement leur discussion. Au dessert, elles évoquent leurs préférences sexuelles.

— J'aime les hommes, mais un peu moins aujourd'hui, glisse Myriam.

Lise rit. Elles se draguent légèrement. Le ton devient gourmand. Myriam s'épuise à lui plaire. Il y a un peu d'humidité dans l'air de Metz. Dans le TGV du retour, je suis assise avec Myriam et Lise dans le carré. Une autre journaliste occupe le quatrième siège. Elle m'a souri toute la journée, on ne s'est pas parlé. Elle semble timide, avec son allure juvénile.

— Bonjour, Clarence Dambre, je travaille pour *Le Monde*. J'écris sur l'art, la culture.

La discussion va bon train. On se découvre toutes les quatre des affinités. Clarence est l'auteur d'un livre sur les transsexuels et les transgenres. Le charme de Clarence agit comme un aimant, grâce à la douceur, aux étoiles dans les yeux. On parle de l'exposition, des liens de filiation, de la généalogie, de la famille. Je l'interroge, l'air de rien.

— As-tu des enfants ?

— Oui. Je vis avec mon ami.

Ami ou amie. À l'oral, tous les doutes sont permis dans la langue française. Le train arrive gare de l'Est.

— Où habites-tu ?

— Stalingrad, en face du bassin de la Villette.

Je vois. J'imagine un intérieur reposant, baigné de soleil, une vue sur l'eau, du parquet, une déco soignée, des couleurs chaudes, les meubles chinés. Dans la cuisine, un bol de noix et des raisins secs bio. Myriam et moi sortons de la gare. Clarence est partie en me regardant une dernière fois. Lise a disparu. Myriam et moi continuons à glousser comme des adolescentes. On a fondé ensemble *Immobile*, un magazine d'art contemporain qui peine à se vendre et survit grâce aux abonnements, aux subventions. Personne ne se paie, mais l'équipe soudée ne ménage pas ses peines. J'entre le mail de Clarence dans ma nouvelle liste de contacts. J'attends le lendemain pour lui écrire et ressasse ma propension à tourner en rond, lorsque quelqu'un me plaît. C'est insupportable. Vers dix heures, je ne tiens plus.

— Chère Clarence, j'ai deux invitations pour *Le Lac des cygnes* au Châtelet. Te revoir serait un plaisir.

Je clique, j'envoie le message. Je relis, je me maudis, la phrase finale est trop équivoque. Elle sera effrayée. Le choix de l'opéra me semble ridicule, mais il n'y a rien d'autre à l'affiche. Je fantasme sur la coupe de champagne à la terrasse du Châtelet, je me suis trop précipitée, je me suis laissée aller. Quelque chose a basculé. J'attends une réponse, les yeux rivés sur l'écran.

— Ton invitation est très gentille, mais je ne pourrai pas faire garder ma fille et mon ami est de permanence.

L'ami est-il pompier, médecin urgentiste, plombier, dentiste, gynécologue, psychiatre, concierge, bénévole à SOS Suicide ?

Il n'y a rien à répondre. J'appelle Myriam. Elle décrète que c'est tout à fait le genre de femme qu'il me faut. Paola et Sandy se sont éloignées de mon esprit, je vais mieux. Elles resurgissent parfois, comme une flèche, une lame de fond. Parfois, j'appelle Paola pour lui dire combien je souffre. Elle ignore mes appels. La dernière fois, elle répond :

— Pourquoi ne commences-tu pas ton travail de deuil, pourquoi refuses-tu de grandir ?

Vivre ensemble

La foudre est tombée sur l'avion à Orly. Il a fallu attendre le transfert des valises et le changement d'équipage. L'avion m'a déposée dans le sud du Portugal. Le petit aéroport me rappelle les îles tahitiennes desservies par des avions minuscules. Avec un ticket électronique, vous avez accès au paradis. Un système de rotation vous transporte à Moorea, Rangoon, Maupiti, Bora Bora. À la sortie de l'aéroport, peu importe le pays, les premières sensations sont souvent celles qui restent. Faro me laisse une impression de douceur et d'épices, avec son air parfumé de viande grillée. Le retour au Portugal suscite une émotion étrange. Je suis en Algarve pour un entretien avec un artiste portugais. En vue d'une grande exposition au musée d'Art contemporain de Lisbonne, la revue m'a commandé un portrait. Pedro vit en communauté dans une maison retirée sur une colline, à une vingtaine de kilomètres de la ville. Je suis entourée d'art. Partout. Le ciel, les cyprès, les jardins de l'hôtel ressemblent aux allées de l'Alhambra. L'Andalousie est à deux heures en automobile. J'ai réservé une chambre à la Vila Monte. À mon réveil, depuis ma terrasse, la vue dévoile ce que l'épaisseur de la nuit cachait. Le parc naturel de Ria Formosa s'étend sous mes fenêtres. Me reviennent les souvenirs des vacances avec Paola dans son pays. Les orangers que mon bras peut toucher me ramènent à toi. Notre existence à vingt ans, les virées rocambolesques, la solitude solaire, le ciel bleu, les oliviers, les cigales, le *vinho verde*, ta beauté, ton sourire, les chaises en osier, les sardines grillées sur la plage, les tartines beurrées, le Sumol, cette boisson indissociable de toi. Pedro m'appelle.

— À la Vila Monte, vous pouvez écrire. Et chez nous, vivre !

Pedro vit dans une communauté qui prône l'art et la libre sexualité. Il vient me chercher à pied. À deux pas de la forteresse maure, ça vit, ça bouge, ça peint dans tous les sens. Pedro est le maître d'œuvre de ces vies parallèles. Ils sont une vingtaine, âgés de dix-huit à quarante ans. La plupart sont issus de familles très conservatrices qu'ils ont choisi de fuir. Trop jeunes pour la révolution des Œillets, ils ont fait de leur contestation le ciment d'une révolution sexuelle. Chacun a décidé de transformer sa vie en œuvre d'art. Je connaissais de loin l'existence de ce groupe marginal. Pedro m'explique leur mode de vie, la mise en commun des biens, le fonctionnement du potager, la ferme, la libre circulation des corps et des désirs, les fêtes, la non-appartenance amoureuse.

— Il faut tout réinventer à chaque instant, désenclaver, se baigner dans la cascade de la vie. L'art, comme la nature, est un lien très puissant. Comme tu le vois, chacun a son atelier à ciel ouvert, nous sommes une communauté d'artistes, une famille.

— Quelle place avez-vous dans le milieu de l'art ?

— Ce n'est pas vraiment à moi de répondre. Mes tableaux sont visibles dans les foires d'art contemporain, les musées du monde entier. Ça tombe bien. J'en avais marre de voir la gueule des vieilles rombières incultes, les collectionneurs bedonnants qui s'emmerdent les soirs de vernissage, engouffrent tout ce que leur estomac peut contenir, quitte à vous marcher sur les pieds pour atteindre le buffet.

— Les collectionneurs vous énervent ?

— L'autre jour, j'en ai entendu un parler du « pedigree de l'artiste » comme s'il s'agissait d'une race de chien. Il raisonnait en termes de « cote », d'« investissement financier ». Il demandait si untel avait été « validé oui ou non par une grande institution nationale d'art contemporain et par une Biennale internationale du type Biennale de Venise ou Documenta ».

— Qu'est-ce qui vous énerve le plus chez un artiste ?

— Les cyniques qui veulent y arriver, les stratèges qui sacrifient leur pensée, leur œuvre. Ceux qui vous snobent un soir car vous n'êtes pas accompagné de la bonne personne. Je ne supporte pas la grossièreté des arrivistes et les sourires calculateurs. *La grande famille de l'art*, tu parles. Entre les artistes à croûtes, ceux qui deviennent des stars parce qu'ils ont trouvé le bon créneau et se font un paquet de fric sur le dos de la Palestine ou des courants qu'ils appellent esthétique de la relation ou non-esthétique de mon cul, les attachés de presse qui tapinent à la table des journalistes, le spectacle est toujours le même. Deux mondes cohabitent. C'est la loi de l'offre et de la demande.

— Votre succès est-il lié à un mode de vie bobo-hippie ? Que vous a apporté la reconnaissance ?

— Le confort financier a quelque chose de rassurant. Chacun peut alors créer sans trop s'inquiéter du lendemain. Croyez-moi, c'est un luxe quand on a connu la galère. La reconnaissance et les *sunlights*, je m'en fous. Les courtisans me font marrer, regardez-les, comme ils s'agitent pour des poussières de paillettes. Quand tu es au fond du trou, au bord de l'étouffement, ils ne te voient pas. En revanche, dès que tu brilles sous la lumière des flashs et des plateaux de télé, les vautours repèrent la proie, surtout quand elle se tient debout et vivante. J'ai toujours eu une conscience aiguë de la mort. Je ne voudrais pas que ma carcasse soit bouffée par des charognards. Quand l'heure viendra, je voudrais être exposé sous une cloche de verre avec les sous-vêtements de mes amours et la photo de mes parents.

— Comment se passent les relations interpersonnelles entre vous ?

— Si vous voulez parler de la libre sexualité, tout est beaucoup plus simple ici. Dans une société normée, si je dis à ma copine, ce soir je ne dors pas avec toi mais avec Alessandra, elle va se jeter par la fenêtre ou me taper une crise. Dans la communauté, si quelqu'un te plaît parce que vous avez partagé un moment privilégié de la journée, vous passerez peut-être la nuit ensemble. Personne n'y trouvera à redire.

— J'imagine les rapprochements, les affinités inévitables, les problèmes de jalousie.

— Nous sommes contre l'idée de couple. On a inventé un jeu qui est en réalité une *self performance*. On choisit un sujet commun sur lequel chacun s'exprime corporellement ou verbalement. C'est un exercice cathartique très intéressant. Il permet d'expulser hors de soi les sentiments les plus noirs, les plus tristes et pesants.

— Un peu comme une psychanalyse de groupe, mais en moins cher ?

— Madame est sarcastique, j'ai hâte de lire votre papier. Voulez-vous passer la soirée avec nous ? Tout le monde est là-haut.

Les gens se sont retrouvés sur le toit aménagé de la maison principale. On profite du buffet et des rafraîchissements, sous les étoiles. Pedro me présente la graphiste Gabriella. Elle parle un français parfait. Elle connaît la revue et c'est avec elle que je vais travailler pour les illustrations de l'article. Brune, proche de la quarantaine, Gabriella est jolie. Nous n'avons pas vraiment le temps de parler puisqu'elle m'entraîne rapidement dans la pièce adjacente. Elle m'embrasse. Je me laisse faire, ça ne me fera pas de mal. Elle frotte sa peau, légèrement rugueuse, contre la mienne. Elle me déshabille, on s'allonge sur le canapé en cuir défoncé. Nos corps inconnus se cherchent, les mains tâtonnent. Je n'arrive pas à saisir les formes de son sexe, les lèvres flottantes, le clitoris minuscule, le trou qui se dérobe. Je me lève, l'allonge sur le dos et entreprends de la lécher. Pendant l'opération, elle me donne involontairement un coup sur le visage. Gauches et excités, nos baisers ressemblent à un concert de dents qui s'entrechoquent. Ils s'interrompent par des pincements de chair. Elle me mord la langue, la garce. Nos corps ne s'accordent pas. Ce soir-là, aucune jouissance ne sortira de nos bouches. C'est un fiasco. On se regarde, on rit, on abandonne. Je rentre à l'hôtel.

Au petit matin, le bleu, la nature m'ont fait penser à toi, Paola. À l'heure entre chien et loup, le ciel rouge, la lumière finissante, les oiseaux dans les arbres, les étoiles qui surgissent me rendent la puissance de la vie. Longtemps, j'ai cru que sans toi je n'avais plus de force. Je ferme les yeux. Je vois ton corps dans la mer. Ton corps joyeux sur la grande plage, près du chemin de Santa Lucia. Tu es jeune. Tu m'émeus. Tu es mon Orientale. Une fille d'immigrés. Vous êtes fiers. Tes parents se sont battus pour la révolution des Œillets. Le Portugal a relevé la tête. La dictature vous a écrasés. Elle a bouffé votre garde-manger, vos arbres fruitiers, vos légumes, votre océan de poissons, vos vaches, vos terres. Mais elle n'a pas volé votre sourire. Votre joie. Votre générosité. Ta famille a lutté. Elle s'est exilée. Comme la mienne. Vous n'êtes plus pauvres. L'Histoire vous a appris à être économes. Vous avez construit, bâti, investi. Des maisons en marbre alors que ta mère avait faim et faisait le ménage dans des manoirs. Ta naissance fut une fête. Par souci d'épargne, ta mère n'avait pour toi que trois rechanges qu'elle lavait à la main, chaque jour. Plus tard, à force de travail et de coups de pied, vous rouliez en Mercedes. Décapotable, s'il te plaît. *Fuck* les bourgeois. *Fuck* les Français. Vous avez fait le travail que personne ne voulait faire. Immigration javel. Les réveils à cinq heures du matin pour nettoyer les bureaux. À sept heures, laver les vitrines réfrigérées de la boucherie, les rendre attrayantes, faire oublier le prix des entrecôtes. La bourgeoise de province rentrait avec son kilo de viande payé dix fois ce que ta mère gagnait en une heure. Elle repartait avec des quiches, du taboulé, des bouchées à la reine. Ta mère remplissait ton panier de victuailles pendant tes années d'études. Ma mère faisait la même chose pour moi. Elle qui avait manqué de tout.

Sept heures du matin. Je repars, satisfaite, mon article en tête. Dans le train du retour Faro-Lisbonne, je regarde vivre les Portugais. Une mère et sa fille sont amoureuses de leur petit chien empaqueté dans une boîte coquette. Un jeune couple, les deux enfants, huit et deux ans. La petite tend la main et réclame mes gâteaux Oreo. Je souris, les lui donne, elle est si mignonne. Elle est brune, elle babille, elle a les mêmes boucles que Paola à son âge. La boucle est bouclée. Je prends le train avec Paola redevenue enfant. Le fantasme régressif me met dans la position de prendre soin d'elle. Paola qui m'a reproché de ne pas m'être assez occupée d'elle.

Le train longe les chemins de terre, contourne les arbustes fantaisistes, les cactus, les palmiers, les champs d'orangers. La campagne est belle. Partout, des oliviers.

Certains lieux vous donnent l'envie d'y vivre. J'ai immédiatement désiré cette partie du Portugal, protégée des vents. La mer elle-même a des allures reposantes, différentes de la côte de Lisbonne, modulée par les vagues puissantes de Cascais. J'aimerais revenir avec une femme que j'aime. Je l'embrasserais à l'aube sous un ciel de craie. On baiserait le soir, l'œil rivé sur l'horizon orange, rouge, noir. Les lumières de la côte espagnole s'allumeraient. On irait dîner à Olhão. J'éprouverais ma liberté et m'abandonnerais enfin. Je rentre à Paris, le corps réparé par les cyprès et la fraîcheur des bassins bleus.

Claire Chazal

À quinze ans, je tombe amoureuse de Claire Chazal. Pendant que mes copines de collège collectionnent les posters des Doors, je fantasme sur la reine du 20 heures. Au kiosque, chaque semaine, j'achète des magazines, trie, découpe les articles, colle sur mon cahier les images de la femme blonde, la jeune fille sage devenue journaliste politique, puis star de l'info sur une chaîne de télé dont la seule qualité est de l'avoir embauchée. Claire Chazal est mon idole. Je sais tout d'elle, son goût pour la danse, l'opéra, la musique classique. J'ai rendez-vous avec elle tous les week-ends, à treize heures et à vingt heures précises. Elle ne rate aucun rendez-vous. C'est un drame lorsque je ne suis pas à la maison pour le JT. Un jour, Michel Denisot la reçoit dans *Mon Zénith à moi*. J'enregistre l'émission sur une cassette VHS que je visionne une centaine de fois. Elle aime Wagner, je me pâme devant *Le Vaisseau fantôme*. J'ai un peu plus de mal avec *Le Crépuscule des dieux*. Elle adore *Le Père Noël est une ordure* et *Papy fait de la résistance*. Je me procure les films pour être au plus près de Claire Chazal. Denisot lui demande si elle prend le métro, elle lui confie qu'elle prend uniquement le bus et le taxi. Je me dis, moi aussi plus tard, j'aurai la vie de Claire Chazal. Il l'interroge sur son alimentation, fait référence à son corps svelte, à sa pratique de la danse. Elle répond :

— Je déjeune au restaurant ou à la cantine de TF1. Le soir, je mange un yaourt, ou parfois, rien.

Je suis en pleine admiration, moi qui m'empiffre de cochonneries sucrées. Je suis si mordue que je lis même sa biographie d'Édouard Balladur. Tout de même. Un jour, je lui écris pour lui dire mon admiration. Elle, ou plutôt son assistante, me répond. Je trouve ça chic d'avoir une photo dédicacée de Claire Chazal. Elle est vêtue d'une veste blanche que je ne lui connais pas et regarde l'objectif, légèrement en biais. Je suis émerveillée par ce regard mystérieux. Elle a un port de tête altier, un cou délicat, on dirait une princesse, une biche, une danseuse étoile.

Une telle merveille ne peut pas laisser indifférent. Les paparazzi la poursuivent. Sur les magazines s'étalent la chevelure blonde, l'élégance Dior, l'image de la femme française. Claire Chazal, c'est Catherine Deneuve en moins chic, la star du petit écran, l'héroïne de *Télé 7 jours*. Dans la presse à scandale, la France entière peut voir les moments de sa vie dérobés par les téléobjectifs. La conscience morale me fait cruellement défaut à quinze ans. Mes parents sont atterrés de me voir dépenser mon argent de poche dans des torchons dont je fais un usage éphémère. Les ciseaux et le pot de colle trônent sur mon petit bureau. Je deviens experte de Claire Chazal. À l'école, j'essaie de dissimuler ma bizarrerie. Je fais semblant d'être normale, mais rien n'échappe à mes camarades. La fin de l'enfance me dégoûte, l'acné, la peau grasse, la toilette approximative. Le jour de Mardi gras, je décide de me travestir en Claire Chazal. Avec mon argent de poche, j'achète une perruque blonde, choisis une veste noire cintrée et porte des fiches bristol. Face aux déguisement de Dark Vador, Batman, Terminator et autres superhéros, je ne fais pas le poids. On me demande en quoi je suis déguisée. Ça me vexe. Je rentre chez moi, plonge le nez dans mon dossier de presse et garde ma perruque peroxydée.

Dans mon corps

Dans mon corps rôde le désir, tu m'enveloppes et bientôt entres en moi. Tu soupires, le sexe en nage, électrique, les orgasmes scandent notre cercle magique. Ta chair se déchire sous mes doigts. Je reconnais ce regard doux planté dans mes yeux, l'envie de jouir sous ma langue ouverte aux pores secrets de ta peau. Comme une aveugle, à la recherche d'une trace invisible, un sillon, un grain de beauté, je caresse du bout des doigts une jeune cicatrice. Les souffles saturent l'espace sonore. À la lumière des réverbères qui éclairent la chambre noire, on découvre la jouissance, bientôt la souffrance. Nous avons dix-neuf ans, Paola et moi.

L'amour états-unien

J'ai une bourse d'écriture pour New York. Yvonne est ravie car mon bureau se libère pour sa nouvelle assistante, qui prépare une thèse intitulée « Violence et passion dans l'art antique », dernière lubie d'Yvonne. Irène, l'éditrice du livre, trouve la nouvelle formidable. À Columbia, le département de *Women studies* m'invite pendant un an. Mon projet porte sur l'histoire des femmes dans les maisons closes. Je consacre un chapitre aux prostituées femmes spécialisées dans la clientèle féminine, en France et aux États-Unis. Irène me l'a assez répété :

— Ce livre va faire un tabac. La politique, les recettes de cuisine, les biographies historiques, tout le monde s'en fout. Le marché éditorial est saturé, les librairies inondées de conneries, c'est la crise idéologique et financière. Les arbres d'Amazonie se refont une santé. On imprime moins, c'est sûr. À la place, on fait travailler les petits Chinois dans des conditions abjectes pour fabriquer des tablettes. Ton livre sur le marché du cul, du XIXe siècle à nos jours, va inaugurer notre collection chez Kindle. La maison se lance dans le livre numérique !

Avec sa choucroute sur la tête, le milieu de l'édition la surnomme la pornographe soviétique. Le cul est le fonds de commerce de mon éditrice, qui arrive toujours rouge et essoufflée aux rendez-vous.

— Quand un livre parle de sexe, l'œil devient humide, un peu comme les carpes quand on leur donne du pain de mie. Que veux-tu, le cul se vend bien. Les histoires de gouines aussi. Comme dit Wittig, « C'est *in* d'être lesbiennes, c'est mode, c'est snob ». Bon, c'est un poil moins vendeur que les histoires phalliques à la Genet, Dustan ou Guibert, mais on va changer ça, toi et moi.

Mon essai débute par une enquête sociologique sur les tribus amazoniennes lesbiennes, la hiérarchie, la filiation, la destruction du paradigme monogamique, la transaction des corps. Irène adore.

— La dernière fois, on avait à dos les associations catholiques et les féministes. Pas trop d'exotisme et de clichés, hein ! Concentre-toi sur l'exercice du témoignage documenté.

Irène est directe. Elle vise une cible : les lesbiennes internationales, chics, invisibles. Où se cachent les lesbiennes *lipstick* ? Où sortent-elles ? Dans quelle région du monde partent-elles en vacances ? Chaque élément est pensé pour garantir un succès auprès de tout public, à l'exception des enfants. C'est le grand truc d'Irène, sortie major de promo à l'ESSEC. Les bobos apprécieront l'enquête sur les cafés *lounge* et autres cantines du canal Saint-Martin où s'est installée une discrète prostitution. À l'heure du déjeuner, à deux pas des *showrooms* chics et des boîtes sur les Grands Boulevards, le paysage a changé. J'ai trois mois pour écrire l'histoire des bordels de luxe à New York, d'où est parti le phénomène.

Je voyage léger. L'installation est rapide et j'achète sur place les vêtements quand ils viennent à manquer. Je suis domiciliée à Brooklyn, c'est moins cher et plus grand que Manhattan. Entre la Septième Avenue et Prospect Park, je loge dans une maison victorienne qui s'élève sur trois étages, nommée *Lesbian House.* La vie pimentée des pensionnaires exclusivement féminines fait les choux gras du quartier. Au rez-de-chaussée vivent Ann et Jessie. Au deuxième étage, le couple des propriétaires, Maggie et Barbara. Les résidentes ont accès au jardin par la cour, via une porte moustiquaire qui permet de voir à l'extérieur sans être vue. J'occupe le dernier étage. Les immenses pièces sont mal insonorisées, on entend les sirènes le jour et les filles qui baisent la nuit. J'ai choisi l'appartement pour la baignoire à l'ancienne qui m'aidera à supporter l'hiver new-yorkais. Dans mes sacs, une réserve des produits de la gamme *Body Care* achetés sur la Deuxième Avenue.

Barbara et moi partageons la pièce principale, à mon étage. Elle a aménagé son cabinet de psychothérapeute, spécialisée dans l'hypnose. Au milieu trône un sofa violet. Sur les murs, la gueule de Freud et une peinture à motif floral. Lors des séances d'hypnose, les patients sont censés fixer un détail. La concentration me semble difficile, entre la barbe blanche et les fleurs bleues.

En compensation des allées et venues entre le couloir et le living room, les filles me font un rabais sur le loyer. En réalité, j'aurais payé un supplément pour observer d'aussi près le défilé des jeunes gens. La thérapeute *queer* reçoit des patients *queer*. Rien de choquant, nous sommes aux États-Unis. Discrètement, j'observe une fille percée et tatouée qui ressemble de plus en plus à un garçon. Elle entame un processus de transformation, prend des hormones. Au fil des semaines, lui pousse une barbe. Derrière la porte, j'entends sa voix muer. Un autre patient ne ressemble ni à un garçon ni à une fille, mais juxtapose les deux genres. Elle/il produit un trouble androgyne. J'apprends par la suite qu'il s'agit d'un hermaphrodite. Bien qu'elle soit tenue par le secret médical, Barbara me parle de ses patients. C'est en soi un sujet de roman. La plupart des New-Yorkais sont en train d'écrire un roman, font un film sur un personnage perdu dans la ville ou entament une psychanalyse.

À New York, j'adopte des usages *new age californian roll*. Je me nourris exclusivement de nourriture japonaise, me convertis à la relaxation contemplative et pratique le yoga. J'opte pour des salles surchauffées. Le souffle s'harmonise, le dos craque, les jointures crient, le corps se détend. Tout le monde en sort transpirant, heureux. Je deviens une caricature de la New-Yorkaise. Le matin est réservé aux joggings sur Prospect Park, l'après-midi j'écris. Mon essai n'avance pas, il est difficile de rencontrer les jeunes travailleuses du sexe. Je sors tous les soirs, mais il est impossible de les interviewer sur leur lieu de travail et d'approfondir les contacts. Je me demande si je ne vais pas arrêter le projet et rentrer à Paris.

En février, je me rends à San Francisco pour une conférence. L'avion vole étonnamment bas, au-dessus du Mississippi, des Rocheuses, du Grand Canyon. Le soleil californien s'offre comme une trêve. Alex déboule dans ma vie comme une météorite, un événement crépusculaire, lunaire, une héroïne de roman. Je suis dans le lobby du Hyatt. Elle entre dans mon champ de vision. Elle est posée devant moi, comme une évidence. Ce regard-là, braqué sur moi, quinze secondes de trop, trahit son amour pour les femmes. C'est la fin d'après-midi, il est neuf heures de plus en France, je suis une pendule perdue entre deux continents. Ma rétine fabrique déjà l'image d'Alex, construit la blancheur du souvenir. Elle met fin aux discussions, s'excuse, vient tout près de moi. Nous sommes les deux seules Françaises au milieu d'une assemblée de conférenciers.

— Alex, enchantée.

Je souris, heureuse de ce simple prénom. Alex. Nous sommes rappelées à l'ordre, le dîner commence, chacun est à sa place. Les organisateurs prononcent un discours, on applaudit, on se congratule, je ne comprends pas très bien ce que je fais là. Je regarde souvent en direction d'Alex, qui fait de même. Ça finit par arriver, les tables se vident, les gens regagnent leur chambre. Je retrouve Alex.

— 703. C'est mon numéro de chambre. Si tu as envie d'une infusion.

Elle frappe, dix minutes plus tard. On parle du congrès,

des grands symposiums à l'américaine. Elle se tient à distance. Je la regarde, je ne fais que la regarder. Elle rougit.

— Ce n'est pas l'envie qui me manque, mais je ne peux pas ; je suis monogame et fidèle.

— Moi, je suis monogame au lit. Et ça ne me pose aucun problème.

Elle dit d'accord. Deux heures après, on fait l'amour par téléphone. San Francisco, ce n'est plus Pacific Heights, Fisherman's Wharf, Haight Ashbury, les bars du Castro, Mission, Chinatown et le Golden Gate Bridge, les cartes postales du tram et les câbles électriques. San Francisco devient une ville amoureuse, nostalgique, errante, pragoise. Après avoir joui au bout du fil, Alex ne veut pas monter dans ma chambre, elle ne veut pas dormir avec moi.

— Pas ce soir, pas comme ça, pas maintenant, pas dans cette fragilité de l'instant.

Les corps sont si proches, à deux étages près. Je ne serais pas étonnée de remporter un jour le prix des amours postmodernes à l'ère d'Internet, la médaille des relations virtuelles. Je pourrais appeler mon opérateur, demander un abonnement pour passion indéfinie, avec option résiliation immédiate. Par prélèvement automatique, s'il vous plaît.

Le lendemain, je nous commande un petit déjeuner. Le *room service* dépose le plateau dans sa chambre. On mange en même temps à distance, l'oreille collée au combiné. Je ris de la situation ridicule. On sort faire une balade, en plein soleil. Je repense à la façon dont elle me dit au revoir, devant Alcatraz. Je sens naître une mélancolie, je sais que quelque chose a changé en moi. Je lui dis :

— On peut aimer dix personnes par jour.

— Être en couple, c'est comme entrer dans les ordres. On signe un contrat avec soi-même.

Alex et moi quittons la Californie sans nous toucher une seule fois. Dans l'avion du retour, j'active une touche imaginaire, je défragmente le programme amoureux. L'image d'Alex se superpose à celle des hôtesses de l'air. Je suis en manque, je me contiens. Pas question de coucher avec tout l'équipage. Je m'endors dans un éclat de rire et un malaise.

New York sans toi

New York est une ville peuplée de huit millions de solitudes. J'atterris à LaGuardia. Personne ne vient me chercher à l'aéroport. Alex est rentrée à Paris. J'ai envie de prendre un vol direct et de la rejoindre. Je laisse passer la nuit et la rappelle.

— C'est évident qu'il allait arriver quelque chose, après ce regard-là. L'intellect freine le corps, la raison altère l'émotion.

— Tout de suite, les grands mots. On se revoit quand, Alex ?

— Si on arrête une date dans nos agendas respectifs, quelque chose va vraiment changer. Plus rien ne sera possible après une nuit ensemble.

Aucune coucherie n'aura jamais été autant négociée. Alex parlemente. Alex est chiante comme la pluie :

— Sexe ou pas, toi et moi ne sommes pas du même monde. Je viens d'une famille bourgeoise. Entre nous, il y a une classe, un fossé.

— Où vas-tu chercher ces idées ? Pourquoi reviens-tu

sans cesse à l'appartenance, à la peur du déclassement ? Tu fais partie d'une classe pourrissante, vieillissante, autoreproductrice. La société fait de nous des putes soumises. La révolution n'est pas là où tu crois. Il est temps de foutre le bordel, Alex.

— Je ne suis plus seule, là. On se rappelle.

Plus tard, je reçois un message. Le ton a changé.

— Je te vois dormir dans tes draps blancs. Je regrette de ne pas être montée dans cet hôtel à San Francisco. Je sais que tu as ton fantasme. Mais ton fantasme et moi sommes différents. Ton fantasme est mieux que moi et beaucoup plus transportable ! Et puis, tu sais, ma vulnérabilité et mes baisers ne sont pas désagréables, tu pourras le dire à ton fantasme. Si vous voulez dialoguer ensemble, je comprends très bien. Si tu veux venir partager un thé chez moi, c'est aussi, bien sûr, possible.

J'efface le message, puis le repêche dans la corbeille virtuelle pour le relire un millier de fois.

Comme un ouragan

Dans la chambre de ma mère s'étalent des posters. Le corps dénudé, sur papier glacé, dévoile une peau glabre, nette. L'image, crue, en devient pornographique. J'ai trouvé le poster géant de Stéphanie de Monaco dans *OK! Magazine*. Son visage est partout, sur tous les murs. Elle a les yeux tantôt rieurs, tantôt coquins. Sur la pochette du disque, elle porte un haut blanc à manches courtes et des bijoux. Elle penche sa main, comme une invitation. Les lettres « Ouragan » se détachent en blanc, « Stéphanie » en lettres noires. Elle caracole en tête du Top 50. Insatiable, je regarde le clip à chaque émission. La princesse apparaît bronzée, les cheveux courts ou mi-longs, toujours bouclés. Sur le devant, une mèche décolorée blonde qui rappelle le début des années quatre-vingt. Elle pose, lascive, sur la couverture de *Vanity Fair*, robe fourreau, gants, mèches courtes devant, et longues derrière la nuque. Stéph' de Monac' débarque dans mon adolescence *comme un ouragan qui est passé sur moi, la tempête a tout dévasté*. J'achète des magazines spécialisés, je mène l'enquête. Dans un élan passionné, je lis des articles sur la principauté de Monaco, la famille royale, Grace Kelly, l'héroïne tragique. À neuf ans, je suis amoureuse d'une chanteuse, d'une plastique, d'une image.

Vue sur la tour Eiffel

Je rentre à Paris, le manuscrit est bien avancé. Alex m'invite à dîner dans son nouvel appartement. Elle a disposé sur la table des nourritures italiennes Dans mon imaginaire, les antipasti parlent la langue de l'amour. Ils ont un petit quelque chose d'atemporel, on peut les consommer chauds ou froids, ils ouvrent, poursuivent, achèvent la soirée. Je fais honneur aux tomates et aux artichauts confits, au pecorino, à la charcuterie sarde, aux raisins. Tout à coup, je ne me souviens plus de son prénom. Depuis peu, j'ai décidé de ne plus nommer les gens. À toutes les femmes, je dis ma belle, ma chérie, mon cœur. À quoi bon, nous sommes tous interchangeables. Et puis ça m'évite les maladresses. Je deviens une cynique de l'amour, une Dom Juan en jupon, amoureuse de l'amour.

— J'ai fait le ménage. La journée est une succession d'amis, de collègues, d'étudiants. Au bout du compte, il y a trop de tout et il reste peu de place pour soi. Comment faire pour tromper la solitude, on remplit sa vie, non ?

Alex termine souvent son discours par une phrase négative affirmative à valeur de points de suspension. Comme un appel à l'autre pour clore son discours.

— J'ai eu besoin de temps pour te rappeler. Je suis séparée, ça faisait quatre ans. J'ai eu besoin de ce temps-là pour me réconcilier avec moi-même. Entrer en moi. Être. Apprécier le silence. Jouer à la dînette avec ma nouvelle batterie de casseroles. Car mon ex est partie avec les cartons de cuisine.

Dans la cuisine d'Alex, les casseroles sont rouges. Il est vingt et une heures. J'arrive boulevard Sébastopol. Je l'ai croisée en bas, les bras chargés de son panier bio Val de Loire. Les navets, poireaux et radis dépassent du papier Kraft. L'appartement n'a rien de spécial, excepté l'incroyable terrasse.

— Tu vois, à gauche, c'est la Bastille, la tour de Choisy, Jussieu, Montparnasse, la Grande Mosquée, Notre-Dame, la tour Saint-Jacques et là, elle clignote au moment où on parle d'elle, la tour Eiffel.

Un fauteuil à rayures égaye le salon aux murs blancs. Le *camp* et le *kitsch* sont l'exact inverse d'Alex, fille de bonne famille. Un père radiologue, une mère infirmière, très active dans l'archevêché de Reims. Alex me sert du vin blanc sur la terrasse. J'écoute Radiohead, allongée sur la méridienne. Il fait doux. Il y a le souffle d'Alex dans ma nuque. Elle ne fait pas un geste. Elle respire, juste. Ma main s'avance vers elle. Je prends sa tête, j'enrobe sa nuque. Ses mains enserrent mon ventre, ma poitrine. Dans l'air d'été résonnent le frôlement et la perte de soi. Paris se dérobe sous nos pieds. Je m'envoie en l'air avec Alex. Dans son cou, trois gouttes d'huile essentielle au bois de santal. L'huile la plus rare et la plus chère. Elle la fait venir d'Inde. Ce parfum se mélange à l'odeur du musc. L'effet est garanti et conduit généralement à l'évanouissement. On fait l'amour sur une natte posée à même le sol, derrière les pieds de tomates, la menthe, les vignes et les capucines. Les bambous nous rendent invisibles. Je l'étreins, mais cette étreinte est un pincement au cœur, une décharge électrique. C'est l'absence de Paola, la série de ratages.

— Alex, prends-moi. Fais-moi des enfants !

Elle s'arrête.

— T'es dingue !

Alex l'élastique se joue des distances entre la France et les États-Unis. Alex dans le train, Alex dans l'avion, Alex à vélo. Je voudrais qu'elle m'aime. Mais encore une fois, l'amour ne dure qu'une nuit. On est sur la terrasse, on se regarde, avec la vague certitude d'un moment unique. *One shot*. Je me réveille chez moi.

Comment repérer une lesbienne?

Un avion passe dans le ciel, juste au-dessus de mon bureau. Je lève la tête, vois les traces, les couloirs blancs. Tous ces passagers, au-dessus de nos têtes. Où vont-ils? J'ai vécu mes vingt ans avec Paola. La trentaine se présente comme un long palmarès sexuel. Je n'ai pas envie de me réveiller vieille et seule. Un deuxième avion déchire la ligne d'horizon. La sonnette de l'appartement résonne. Je suis en robe de chambre et n'attends personne. C'est Alex. Elle entre en trombe dans l'appartement, surexcitée.

— Bonjour, Alex. Il n'y a que le gardien qui sonne à cette heure-ci, pour le courrier. Tout va bien?

— J'étais dans le quartier et...

— Thé, café, vodka?

— Ce que tu veux. Tu sais, on devrait tenir, toi et moi, une chronique lesbienne pour un magazine, raconter nos vies. Ça instruirait le quidam. Résumé de la soirée où tu n'es pas venue. Un café, s'il te plaît. Au vernissage, hier soir, une fille magnifique. Tous les crétins férus d'art contemporain roulent des yeux, lissent leur mèche sur le côté et remontent leur jean *slim*. Grotesque. Zéro *sex appeal* et rien dans la culotte. Je me dis, la sublime bombe me regarde du coin de l'œil, il me la faut.

— Bon début. Quel genre de beauté ?

— Tu vois Diane Kruger ? Une beauté froide, les yeux bleus, une belle bouche, sourire *ultra brite*, épaules superbes. Beauté intimidante.

— Avec un silence suspendu, autour d'elle ?

— Je vois que madame est connaisseuse. Donc. Je ne sais comment m'y prendre. Et surtout, je ne sais pas si elle est de la famille, comme on dit. Je noie mon cerveau dans un verre que je bois d'un trait. Je saisis deux coupes et lui en tends une. Tu te rends compte, personne ne lui avait offert à boire ! Évidemment, elle me sourit. La compagnie nous regarde, je sens dans mon dos un puissant désir de meurtre. Et là, je me lance. Je te refais la scène. Tu es Diane Kruger, et moi je joue mon rôle.

— On dit que je suis obsédée par la beauté. De fait, la vôtre est très voyante.

— Vous êtes directe.

— Pardonnez-moi si je vous choque.

— Pas du tout. Les gens sont sinistres ici.

— Vous aimez l'art ? Laissez-moi deviner, vous êtes plutôt Claude Cahun ou Man Ray ? Moi j'adore le cinéma, mon film culte, c'est *When Night is Falling*, vous connaissez ? J'ai vécu sur la côte ouest, à deux pas des studios où a été tournée la série *The L World*. J'aime le violet et je porte les ongles courts, les débardeurs blancs, les chaussures Birkenstock. Mon livre préféré, *Le Puits de solitude* de Radclyffe Hall. Et vous ?

— *1928*. Il y a plus contemporain comme livre lesbien.

— Vous connaissez Sarah Waters ? »

Je suis transportée de joie et m'arrête net quand sa copine arrive et l'embrasse profondément, devant toute la galerie.

— Alex, c'est la drague la plus lourde de l'Histoire. Bon, il faut qu'on parle tactique. Serré, le café ?

Héloïse

Elle est arrivée bien avant moi. Elle m'attend dans la cour des Miracles, au Trésor. Je ne veux pas être la première, alors je traîne dans une librairie à l'angle des rues Vieille-du-Temple et des Blancs-Manteaux. J'aime le nom du café. Il résonne comme une caresse, un murmure. Héloïse est mince, blonde, longue. On a le même âge.

— Tu me reconnaîtras, grâce à mon écharpe orange.

Ces mots deviennent par la suite une plaisanterie commune, le point de départ d'une romance que ni l'une ni l'autre n'oublie dans la chronologie amoureuse.

Les premières minutes des rencontres 2.0 sont embarrassantes, quand l'artifice du virtuel se mue en réel. Le malaise se dilue vite avec Héloïse, grâce à l'humour. Les verres de vin aidant, on se raconte nos vies. Avant de partir, elle me demande, timidement, si on va se revoir. Héloïse est passionnée de jazz, cultive son corps et fréquente le Club Med gym Palais-Royal. Une vraie gay, adepte des altères et du vélo. Le ventre plat et la force musculaire sont appréciables au lit. Héloïse est une grande endurante. La deuxième fois, elle me donne rendez-vous au Latina, où se joue *XXY*, un film argentin sur les hermaphrodites. Dans l'obscurité de la salle, j'observe à la dérobée les longs doigts musclés. J'ai envie de les avoir en moi. Les mains sont belles, délicates. Dans l'ombre, les scénarios érotiques naissent plus facilement. Il est trop tôt pour entreprendre quoi que ce soit. Je ne bouge pas, heureuse et reconnaissante de partager ce moment avec elle.

Héloïse engage une correspondance et emprunte les chemins sinueux de la séduction électronique. Elle m'envoie des chansons ou bien des messages très brefs qui éveillent la curiosité. Héloïse veut me revoir. On se retrouve à la nocturne de l'exposition Giacometti. Toujours aussi blonde et élégante, elle gare sa moto au coin de la rue Rambuteau et foule la rue pavée, le casque à la main. Sans gêne, elle dépose un baiser sur ma joue, au bord de mes lèvres. Héloïse est toujours à la frontière, entre séduction et camaraderie. L'instabilité des limites est ce que j'aime chez elle. Sans nous le dire, on aime l'une et l'autre l'ambiguïté des postures. Elle fait la femme, puis se masculinise sur sa moto. Lorsque j'ai sous les yeux ses longs doigts fins, je les imagine en moi. Mais vite, je me concentre sur l'exposition. Elle reste à côté de moi durant la visite. Je la frôle, m'enivre de son parfum, *Dior addict*. Elle n'a rien fait, pourtant, elle m'a gagnée. Nous sommes chassées par le gardien. Héloïse est bavarde. Un bavardage savoureux. Elle commente les œuvres en ponctuant ses phrases du mot « esthétique ».

— Cette esthétique hiératique, ces figures allongées qui

crèvent de solitude. On est dans une esthétique du tableau vivant qui me touche.

Mon cerveau fabrique une réponse silencieuse

— J'ai envie de te toucher et, en matière esthétique, je suis plutôt portée vers ta plastique.

Les salles ferment, le café aussi. On est quelques instants sur le parvis de Pompidou. Je reste silencieuse, elle sourit.

— Puisque tout est fermé, puisqu'il fait nuit, je suggère d'aller à l'hôtel, dit-elle.

— Tout dépend de l'hôtel.

— Tu vas voir.

La moto file rue de Rivoli et s'arrête devant un palace parisien, place de la Concorde. En chemin, je la serre fort. Elle pourchasse le vent et son corps penché sur l'engin me protège du froid. Lorsque Héloïse enlève son casque, elle sourit de nouveau. J'en ai mal au sexe. Je ne sais presque rien d'elle. Son métier la fait voyager dans le monde entier. Me reviennent des noms de villes, Buenos Aires, Alger, Budapest, Madrid, Washington, New York, Jakarta. J'aime l'audace de son initiative, car j'ai la folie des hôtels. J'aime le luxe, l'anonymat, les employés tirés à quatre épingles, les draps, le peignoir, les chaussons blancs, les produits de beauté, le petit déjeuner copieux.

J'ai tout de suite aimé son corps, les formes de son corps. Sa jouissance. Sa langue d'abord timide puis furieuse, insistante. Ce geste-là, prendre ma langue comme si c'était la dernière fois, entrer à l'intérieur de moi pour n'en plus sortir, pour défaire et anéantir. J'ai aimé ça dans nos baisers. Héloïse embrasse bien, caresse bien. Ces doigts dans mon sexe. Elle dit :

— Viens, viens sur ma bouche. Danse.

Nous dansons. Sans me connaître, elle me prend comme j'aime, la langue sur le sexe, le clitoris caressé très fort, presque meurtri, un peu mordillé. Puis avant que je ne jouisse, le corps qui s'emballe et perd le contrôle, les gestes saccadés. Je sens l'expérience. Je sais qu'elle s'est exercée sur d'autres corps, sur d'autres peaux étrangères.

Héloïse est sensuelle. Je fouille dans ses entrailles. Je veux en garder quelque chose. Aussi, comme pour faire des provisions d'elle, ma bouche arrache les poils pubiens et mes dents les mâchent, les gardent longuement dans la bouche, comme un cadeau. Je m'écœure de son sexe, de son odeur entêtante. D'abord, caresse avec la langue. Puis introduction de la langue dans le trou de son anus. Une surface en étoile que j'ai tapissée de mouillure. Son anus dilaté grandit en quelques secondes. Je la baise fort, les doigts assiègent, autoritaires et divins, la fente de son cul. Délicatesse et précision. Acte chirurgical. Exactitude du geste. J'opère sur elle. Je savoure sa jouissance. Ça dégouline jusqu'aux genoux. Je lèche. Je la soulève, victorieuse. Elle, sans pudeur, geignant, en demande encore.

— Ne t'arrête pas, s'il te plaît, ne t'arrête pas.

Alors je décélère, fais mine de me retirer, je la retiens, resserre l'étreinte, agrippe ses hanches. Je reste, la tirant de plus belle, mordant ses seins.

Elle nous regarde dans les miroirs vénitiens de la chambre. Dernier étage. Vue sur Paris. Vue sur la nuit.

Elle interrompt la scène. Elle crie comme une enfant à qui on arrache son jouet.

— On tire les rideaux, on ne sait jamais.

Un lit, *double queen*. Ça sent fort dans la chambre, un mélange de sexe et de transpiration. Nous avons mal aux genoux, mal aux bras. Corps ruisselants.

Héloïse, bis

— Je viens te chercher à dix-neuf heures devant l'opéra Bastille. Je t'embrasse très fort.

Le message d'Héloïse annonce une soirée prometteuse. J'arrive à l'heure. Je n'aime pas faire attendre. Elle me voit. Elle prend son temps, gare sa Suzuki sur le parvis, dans la zone réservée aux taxis, elle ne s'embête pas. Elle me tend un casque. La bête est racée, comme la conductrice. Trois cadrans sur un joli fond mauve. La nuit à l'hôtel imprime dans notre mémoire des gestes et des corps suspendus. Les corps, calés sur l'engin, dévorent les rues de Paris. La ville rugit. Les lumières bleues accélèrent le rythme cardiaque. La femme inconnue se propose de me conduire. Elle ne fait pas de promesses. Elle se tient là, près de moi. Elle a envie de moi. Les jambes collées l'une sur l'autre, la bouche sur sa veste, je la serre fort. Je la sens puissante, comme sa cylindrée. La belle pourfend le vent. Je devine presque sa peau sous le jean et plonge le nez dans ses cheveux parfumés au jasmin. Elle m'excite. Aux feux rouges, mes mains lâchent son ventre et ses hanches. Elles se déplacent sur ses cuisses. J'ai envie de toucher le sexe à travers le pantalon. Le trafic est dense. On doit être au théâtre pour la dernière représentation d'une pièce de Courteline. La moto s'arrête devant le théâtre de l'Athénée. Lumières, lustres dorés, velours rouges. J'adore me perdre dans les théâtres. Cela m'arrivait souvent au Lincoln Center, lors de mon premier grand voyage à New York. Se laisser embrasser au coin d'un couloir, l'image des baisers démultipliés par les miroirs Renaissance. Je suis fascinée par le vertige des images et la glorification des reflets. J'aime ces lieux de représentation. Après la pièce, elle m'emmène dans un restaurant de fruits de mer, à Opéra. Elle travaille dans un grand groupe, à deux rues, dans un hôtel particulier du XVIe siècle. Elle porte un cachemire noir qui donne envie de caresser la matière. L'autre soir, au cinéma, elle avait un pull très doux dont je n'avais pas réussi à identifier le tissu, sûrement un mélange de cachemire et de soie. Héloïse me ravit. Toutes les conditions de séduction sont réunies. L'éclairage, les mets, la lampe rouge sur la table. Après dîner, elle me conduit dans un salon attenant, elle me déshabille. Je peux enfin toucher la matière de son vêtement. Je caresse les rubans avant d'atteindre les seins, nus, petits. Je peux les sentir pleinement dans ma main. L'énergie puissante au fond de mon ventre se réveille. Une serveuse passe. Elle nous fixe, languide. Héloïse commande deux cognacs. Elle est sur le point de me baiser sur le guéridon. Nos images se reflètent dans les portes miroirs. Mon sexe est mouillé depuis le rodéo sur la moto. Le désir a décuplé mes seins, mon clitoris, mes fesses. Tout mon corps se tend vers elle. Le regard devient hypnotique, sous la lumière rouge du lupanar. Comment soupçonner l'existence de ce bordel de luxe pour femmes, au cœur de Paris ?

Dîner aux chandelles

Je compose le numéro d'Héloïse :

— J'ai une surprise pour notre soirée. Viens quand tu peux.

Elle sonne, surexcitée.

— Oh, tu as fait du feu !

— Chacun ses pièges à filles !

On se régale de champignons poêlés, arrosés de bourgogne. La cheminée reflue, ça nous pique les yeux. Paola appelle vers vingt-trois heures. Je ne sais que faire, je réponds, je sue par tous les pores de ma peau, le feu de cheminée ne prend pas, la soirée est compromise.

— Paola, je suis occupée.

— Tu m'as déjà oubliée ?

— Ce n'est vraiment pas le moment. Que veux-tu ?

— Avec qui es-tu occupée ce soir ? Je connais cette stratégie de fuite, je déploie la même.

— Paola, tu m'emmerdes. Je suis occupée, tu me rappelles, je te réponds, je ne devrais pas. Tu veux quoi ? Que je suspende mes gestes, mon souffle ?

— Je vois que tu n'es pas seule, tu veux prouver quoi ?

— Je suis avec une fille que j'ai retournée dans les chiottes. Et là, je suis occupée.

Lorsque je raccroche, je comprends tout ce que j'ai raté avec Paola. Les mouvements d'allers-retours, l'absence de communication, ma brutalité, mes excès, mes demandes d'amour. Au moindre soupçon de non-réciprocité, j'engageais une guerre violente pour conquérir une affection que je pensais perdue. Pendant une micro-seconde, je pense à la photo de Roland Barthes. Il est blotti dans les bras de sa mère, enfant. L'image en noir et blanc s'appelle « La demande d'amour ». Paola n'est pas ma mère, les femmes ne sont pas mes mères. Quand je reviens au réel, un malaise s'est installé. Héloïse plante ses yeux dans les miens.

— Je n'ai pas aimé t'entendre lui parler. Cette familiarité entre vous.

— Tu veux dire, cette violence.

Elle éclate d'un rire inattendu.

— J'ai bien aimé ta sortie. À propos d'histoire de chiottes, j'ai une blague qui va te détendre un peu. Tu m'écoutes ? Quelle est la plus grande angoisse des lesbiennes hygiénistes ?

— Ma langue à la chatte.

— Faire l'amour, car ça risquerait de salir les draps. C'est drôle non ?

Elle me baise debout. Il est minuit. Elle écarte les jambes et me demande de me harnacher. J'obéis. Elle me regarde la pénétrer. Elle regarde mes doigts qui écartent le sexe et introduisent ce qui n'est ni un pénis ni sa reproduction, mais un objet de désir et de plaisir que je peux ôter à ma guise et prêter à ma partenaire. Elle force le rythme, elle donne des coups, elle veut prendre le contrôle, m'avaler, m'étouffer. Je ne la laisse pas dominer. Je desserre l'étreinte, me retire d'elle. Elle proteste.

— Remets-le.

— Tourne-toi, tais-toi.

Je me comporte comme une brute, dominatrice. Je crache dans son anus dilaté. Je la prends. Par surprise. Elle crie. Elle gémit. Elle jouit.

Les murs de verre

Bibliothèque nationale de France. Tours de verre. Je pousse les portes en acier, descends les escalators, introduis ma carte, le regard glisse sur les hauts murs, observe l'échappée substantielle de lumière, les fenêtres, les pins. Une fois en bas, on aimerait s'évader, se tirer dans la forêt cerclée de métal. La bibliothèque flotte entre le bois oriental, le fer, la moquette rouge. Les débuts ont été difficiles. Les livres fragiles, stockés dans les hautes tours, étaient exposés, brûlés au soleil. Il a fallu déménager, réaménager. Je lève le nez de l'ordinateur. Le rez-de-jardin est baigné de soleil. J'ai une vue imprenable sur Yvonne qui mange des chips, planquée derrière une pile d'ouvrages, totalement asexuée. Le fou rire me guette. C'est interdit, on travaille tous dans un silence religieux. Seuls le moteur de l'ordinateur se fait entendre, au pire le clic d'une souris. On est discipliné, on cause à voix basse, sinon on se fait fusiller du regard. Yvonne a des raisons de se cacher. La veille, j'étais membre externe d'un comité de sélection de maître de conférences qu'elle présidait. Elle avait convoqué vingt candidats. Les ingénus s'étaient déplacés de Marseille, Lille, Rennes et même Clermont-Ferrand pour l'audition. On devait tous écouter leur présentation, dix minutes, pas une de plus, Yvonne s'était acheté un chronomètre spécialement pour l'occasion. Chaque candidat avait droit à quelques questions purement rhétoriques, destinées soit à les coincer, soit à les valoriser, selon la stratégie des uns et des autres. Leur dossier avait été à peine examiné. Tout le monde se foutait pas mal de leurs publications. De fait, depuis l'annonce de la vacance du poste, Yvonne avait fait pression sur le directeur du département d'Histoire de l'art, un ancien amant. Elle avait mené une campagne redoutablement efficace pour que son assistante obtienne le poste, spécialement profilé pour elle. L'autoengendrement a du bon. Il permet de rester entre soi, se renifler avec délectation, s'autocongratuler, se ressembler. Yvonne, comme ses collègues, a une peur bleue de la différence. Elle tient plus que tout à perpétuer des modèles de ressemblance.

Je laisse de côté la préface que je suis en train d'écrire et je pense quelques instants à mon rapport aux femmes. Mon regard porte sur le jardin d'hiver, invention belle mais absurde car personne ne peut en jouir, hormis le jardinier. Toute présence humaine est bannie, même dans cet îlot de verdure. Je me laisse distraire par les arbres exotiques, derrière les grandes baies vitrées. L'expérience devient esthétique quand on se trouve perché au-dessus de cavités, à écouter les oiseaux. Lorsque les lumières de la bibliothèque s'éteignent et qu'il faut bien rentrer chez soi, il est un lieu entre la sortie et les escalators d'où l'on peut entendre les oiseaux du jardin. Ils piaillent gaiement. Souvent, je me sens vivre, avec cette impression d'être posée là, comme un reflet ou un élément issu d'une extériorité que je ne contrôlerais pas. Je me dis, en regardant ces visages penchés sur des livres, que toutes ces solitudes se ressemblent. Je ne veux pas ressembler à certaines de ces femmes qui ne respirent pas l'amour. Elles ne sont ni maquillées ni habillées. Elles ne semblent attendues nulle part. Moi, je veux que quelqu'une m'attende à la sortie de la bibliothèque et m'apporte des fleurs. Un jardin de fleurs. Je veux cet amour-là, je veux un amour constant, absolu. Paola interrompt ma réflexion. J'ai oublié d'éteindre mon téléphone portable. Dans leur regard, je vois bien que les binoclards ont envie de me pendre. Paola ne supporte pas d'être seule. Elle déraille, elle pleure. Ça me fait monter les larmes aux yeux. Elle sanglote au bout de la ligne.

— De chez moi, je vois la tour Eiffel. Maintenant, j'arrive toujours en retard aux rendez-vous, mon regard se perd dans les nuages. J'oublie le temps, mais je ne parviens pas à oublier ma solitude. La nuit, je me réveille, je regarde Paris illuminée, comme dans une hypnose, puis je me rendors.

Je lui propose de récupérer les rideaux de notre ancien appartement. Elle accepte, puis se rétracte.

— J'ai besoin du contact direct avec le dehors. Je ne veux pas tout voiler.

Je lui dis que son regard sur le monde me manque. J'ai toujours aimé sa révolte, même si cette rébellion prend parfois des accents excessifs. Dans sa famille, elle est l'aînée. On compte sur elle. Paola devient vite adulte. Le père répète souvent : « Il faut investir dans la pierre, s'écorcher les genoux, bâtir des murs, travailler sans relâche. Les centaines de francs deviendront des milliers de francs. Tout ça, c'est pour vous, mes enfants. »

Paola pleure.

— Si j'ai besoin de toi, seras-tu là pour moi ?

— Comment puis-je te laisser, oublier ces années-là ? Mais ni toi ni moi ne pouvons oublier la dernière scène. La scène de la séparation. Tu te souviens, Paola ? On s'est battu. On a transformé notre appartement en champ de bataille, on a fait de ce lieu heureux un enfer. Toutes les maisons partagées avec toi ont été des espaces de bonheur. Les amis s'arrêtaient pour boire un verre, dîner, danser, refaire le monde.

Je quitte la bibliothèque, en pleurs. Dans ma cuisine où je crève de solitude, je prépare un dîner frugal. Pain de seigle, fromage, asperges. Je mange debout, devant mon assiette. Paola connaît aussi l'angoisse des repas seule. Notre ami, Jacques, a le même problème. Il partage ses déjeuners avec ses collaborateurs, près de la rue de Charonne. Quand Ajay est en voyage, il repousse l'heure de rentrer chez lui. Il déteste se trouver seul avec, dans l'assiette, une portion de nourriture et le poids du vide, l'absence. Alors, il court les cocktails, les vernissages. Il m'envoie des messages à la dernière minute. La dernière fois, on se retrouve sur la tour Eiffel. La salle de réception ressemble à un paquebot, on boit du champagne en regardant des photographies en noir et blanc de Paris, au début du siècle. Suspendus aux nuages, on perd toute notion de temps. Le téléphone de Jacques sonne. C'est Paola. Elle aimerait boire un verre. Mais il est là, avec moi, il ne peut pas. À ce moment précis, je sais qu'elle est triste, je sais qu'elle aimerait être avec nous, mais le trio est mort. On ne partagera plus les rires en voyage, les sacs à dos sur les routes en Asie, en Grèce, en Espagne, au Portugal, au Liban. Tous les vols sont annulés. Nous sommes des amis orphelins.

Paola m'a aimée d'un amour inconditionnel, celui que les mères portent à leur nourrisson. Elle me couvait des yeux. Je remarque le même regard, le même amour naissant chez Héloïse. Les femmes éprouvent le désir de s'occuper de moi. Vient toujours le moment où je n'ai plus de prénom. On m'appelle ma chérie, mon bébé, mon cœur, mon chat, mon oiseau. L'adjectif possessif, le substantif disent la fusion, l'appartenance, la protection. Ma mère m'a protégée toute mon enfance contre un père qui serait revenu et m'aurait repris. Au lycée, les garçons constituaient pour elle un risque, un frein pour mon développement personnel. À l'université, les hommes devenaient un danger pour ma réussite. À cette époque, je me souviens, je passe devant un kiosque à journaux et tombe sur une couverture de magazine qui me laisse songeuse. *Devient-on lesbienne pour faire plaisir à sa mère ?*

Liaison

J'emmène Héloïse voir Forsythe à Chaillot. En plus de mes activités de conférencière à l'Institut, j'écris pour une revue d'art. On est au premier rang. Je bois les corps, je fixe la beauté, je bouffe les lumières bleues, roses et rouges à la Bob Wilson, submergée par le vertige pur et l'émotion esthétique. Ce sentiment fulgurant me fait aimer la vie de nouveau. On parle du spectacle en marchant vers Étoile. On descend à pied les Champs-Élysées. Les lumières bleues électriques coulent des arbres le long de l'avenue. Ça scintille. On se quitte à la station de métro, sur des paillettes et des étoiles. Le lendemain, Héloïse m'envoie un message que je découvre au labo. Les chercheurs sont d'immenses nids de solitude. Dès qu'on leur manifeste un peu d'attention, ils s'humanisent et arrêtent de parler comme dans un livre. Yvonne passe devant moi et m'informe qu'une réunion se tiendra le lendemain, à dix-huit heures. Yvonne voulait être chanteuse de rock. Elle a fini prof de fac, célibataire, sans enfant. La déchéance. Étudiante, elle faisait partie d'un groupe folk qu'elle a tenté d'emmener vers les voies du rock. Billie Joel, Elvis. Bizarrement, personne ne voulait jouer ces standards, dans le groupe. Yvonne la dissidente a fini par se faire virer. Depuis, la frustration a façonné son être, la tristesse aussi.

Au téléphone, la voix chaleureuse d'Héloïse tranche avec ma chaise métallique.

— Il fait si froid. Es-tu plutôt thé vert ou thé fumé ?

— Vert, le thé ! J'expédie un entretien pour la revue. Attends-moi et fais chauffer l'eau !

Gare d'Austerlitz. En sortant, après la nuit noire du RER, je suis aveuglée par le soleil. Je n'ai pas la patience d'attendre le bus et je hèle un taxi. Urgence. Se faire une beauté. J'arrive à l'heure des cloches, il est seize heures trente. J'aime l'église Saint-Eustache. Elle baigne dans une lumière qui annonce le printemps. L'avantage d'avoir des amantes dans Paris, c'est redécouvrir les quartiers de la capitale. L'entrée élégante de l'immeuble dévoile l'existence d'un *showroom* aux étages. Des mannequins en peignoir blanc, la coiffure impeccable, le teint frais, stationnent entre la porte cochère et la grande cour bordée d'oliviers, de glycines, d'hortensias. J'ai l'impression d'être sur une place d'Aix-en-Provence. Je sonne chez Héloïse. Code 03A77. Quatrième étage, droite. Elle m'ouvre. J'entre directement dans une cuisine américaine qui dessert une chambre et un petit bureau. L'appartement est rempli comme un œuf. Des livres entassés dans un coin, des étagères provisoires, une collection de CD et de BD bien rangés.

— Je viens d'emménager. La séparation avec mon ex a pris du temps, il a fallu vendre l'appartement, tu connais le refrain.

La vue, cerclée de fenêtres voisines, m'étouffe. La discussion éparse nous mène vers les méandres de la recherche.

— Quelle ténacité de rester du matin au soir à la bibliothèque, voire toute une vie ! Quel courage de faire la fermeture, quand il fait nuit et que les gens sont en famille à préparer le dîner ou coucher les enfants !

— Tu n'imagines pas combien une bibliothèque recèle de trésors et abrite la solitude du monde.

J'explique à Héloïse les conférences dans les instituts culturels, les universités. Héloïse me parle de son poste dans une grande firme américaine.

— On achète des matières premières en Afrique, en Asie. On les revend en Europe, aux États-Unis. On spécule, c'est mal, je connais par cœur la chanson, mais sur une échelle de valeur, c'est moins pire que trader. Je suis directrice commerciale de la firme, responsable du développement marketing à l'international. Entre les réunions à Hong Kong, Joburg ou New York, j'aime me relaxer avec des jeux de logiques tels que le sudoku ou le kakuro. Je dors à l'hôtel, je vais dans des villes improbables. J'adore mon métier. Alors, tu comprends, je n'ai pas le temps de traîner dans les bars à la recherche de la perle rare !

Je suis impressionnée par la franchise, le manque de fioritures dans ses explications. On écoute du jazz en buvant un thé. Elle va dans la chambre et ramène un petit paquet-cadeau rose. Il s'agit du dernier album de Cat Power. Après deux heures de discussion, je vais dans sa chambre. Je n'ai pas particulièrement envie de coucher avec elle. J'admire les vieux vases Ming qui trônent sur l'armoire en tek importée d'Asie. La chambre est belle. Sur la table basse, elle a déposé *Tipping the Velvet* de Sarah Waters. La veille, je lui avais envoyé une liste de livres écrits par des femmes.

— Tu verras, *Tipping the Velvet*, c'est jouissif.

À ces mots, elle m'attire vers elle, m'embrasse. Je la serre. Dans mon esprit, je m'autorise juste des baisers et des caresses. Je suis dans la retenue. Tous ces corps, ces sexes. J'ai peur des odeurs sur mon corps. J'ai peur ensuite d'avoir mal si je m'attache. Je passe la main sous son pull. La peau est douce, le dos musclé, à l'image de ses mains. Elle baise très bien. Elle dirige et coordonne tout. Elle choisit les positions, me tourne, me retourne dans tous les sens. Je me laisse faire, ça fait mille ans. Curieusement, mon corps souffre de toutes les formes de rencontre et de séparation. Dormir avec tout Paris ne va pas de soi. Pourtant, je me sens vivante parmi les odeurs, les mains, les langues, les sexes, les souffles. Je goûte Héloïse. J'ai envie des doigts musclés dans mon sexe. Elle vient. Elle fait tout ça. Elle caresse, lèche. Elle m'explore avec une rage mêlée de tendresse. Elle n'est qu'un corps qui n'a pas fait l'amour depuis des mois. Comme à l'hôtel, comme dans le salon du bordel de luxe, on jouit plusieurs fois. Elle crie fort. Je ne reste pas. Je mets mon pull, jette mon soutien-gorge dans mon sac, enfile mon jean, chausse mes escarpins et l'embrasse dans le cou. Héloïse ne pose aucune question. Je sors de chez elle. Elle me regarde par la fenêtre. Elle m'émeut. Je ne la connais pas et je l'aime déjà.

L'amour neuf

Je vais au rendez-vous prévu. Héloïse m'attend au café de l'Industrie. Le lieu est agréable depuis que les volutes de tabac ont disparu. L'éclairage est parfait pour un rendez-vous sentimental. J'aime les portraits de comédiens aux murs, les banquettes rouges, l'ambiance intime. Héloïse est assise, magnifique dans sa veste noire cintrée et sa chemise de smoking noire, très chic. Je commande la soupe du jour. Héloïse boit un Perrier. Elle m'appelle « ma belle surprise ». Elle a ses petits trucs, les balades à moto, un parfum addictif, des pièges à filles. Les cloches de l'église Saint-Eustache ponctuent toutes les heures nos étreintes. J'aime caresser la peau, son dos, ses bras durs, le sexe doux sous la langue, les soupirs, les sourires entre les baisers, les rires. Je l'adore et honore son sexe. Un souffle, une parole, un geste provoquent le rapprochement des corps. J'aime notre intimité. Je veux essayer toutes les positions, tous les rythmes. Après les orgasmes, elle se serre très fort contre moi, je suis perdue. M'abandonner serait une aventure, alors je glisse, indéterminée, ouverte à tous les possibles.

J'ai envie de voyager avec Héloïse, on décide de partir quelques jours.

— Ce week-end, on prend un vol pour le Sud, on loue une voiture, on va à l'hôtel, on fait l'amour au soleil.

Tout est simple avec Héloïse. Elle part le lendemain à Alger par le vol de sept heures. Elle me propose de dormir chez elle, j'en ai terriblement envie, puis de profiter de son taxi. Elle me dépose chez moi aux aurores, me claque un baiser, l'automobile file dans le Nord, vers Roissy.

— Au revoir, princesse, ne m'oublie pas.

J'essaie de dormir une heure, j'ai froid dans le lit, son corps me manque, impossible de fermer l'œil, je lui écris.

— Je t'envoie des baisers. Je me lève et me couche dans l'émotion de toi.

Au réveil, je reçois sa réponse :

— Quel plaisir de te lire en descendant de l'avion ! J'ai pensé à toi, je me suis endormie sur Cat Power, *Metal Heart*. Il fait gris ici. Tu as pu te reposer un peu, ma douce ?

Ces jours d'absence infléchissent ma décision. Ne pas me précipiter, ne pas déverser tout l'amour en stock, les invendus, la tendresse que je ne donne plus à Paola. Je veux du neuf.

Les gorges du Verdon

Ma liaison avec Héloïse s'installe. Comme à son habitude, elle prépare un petit déjeuner copieux. On avale quelques gorgées de thé et on file prendre la navette Air France de huit heures cinquante. À l'aéroport de Marseille, on loue un 4 × 4. Héloïse conduit d'une main ferme, j'admire ses mains d'homme, les mêmes que son père. Elle arbore de nouvelles lunettes de soleil. On se dirige vers Cassis en passant par le chemin côtier. La route est belle. Le soleil s'excite sur la carrosserie. La chambre de l'hôtel offre une vue exceptionnelle sur le cap Canaille. Les siestes se prolongent, les balades dans les calanques nous ouvrent l'appétit. Au marché, on achète des huîtres, des oursins, des crevettes. On fait l'amour toute l'après-midi en regardant la mer. Elle baise avec force, aligne orgasme sur orgasme. Ses doigts entrent sans préambule dans mon sexe, constamment humide, et explorent la cavité. Le soleil sur le visage. Au déjeuner, on commande un saint-pierre dans un restaurant niché au-dessus des calanques. Le soir, on boit un café frappé sous la tonnelle. Le temps est à la balade. On s'embrasse à l'abri des regards, couchées sur les pierres blanches, glissantes. Le lendemain, cap vers les gorges du Verdon. Une forêt d'arbres épais entoure l'entrée majestueuse du monastère de Griès. L'immense chambre regroupe deux anciennes cellules dont la cloison a été abattue. Je lui demande de harnacher le godemiché. Je me fais pénétrer pour la première fois, profondément. Les sensations sont extraordinaires, très fortes. Je n'ai plus peur des hommes ni des femmes. Je n'ai plus peur de la pénétration des hommes. Je pense aux *Chiens* d'Hervé Guibert.

Paris-Washington

Chère Héloïse,

Je sais que tu aimes changer d'atmosphère et de décor. J'aime notre relation, on ne se promet rien. Les gens échangent des promesses d'éternité, tout le monde se ment, c'est triste. Après ton départ, je suis allée au marché en bas de chez moi. J'ai acheté une salade, des abricots, des amandes fraîches. Puis j'ai attrapé le bus qui a filé vers le quartier de l'Odéon, le Panthéon. En bus ou en taxi, j'ai souvent l'impression d'être dans un film tant Paris crève de beauté derrière la vitre. J'ai fait un saut rapide à l'Institut. Mes collègues préparent un colloque sur la représentation du chien dans l'art, du XVIIe au XIXe siècle. L'instant était pictural ; la lumière éclairait faiblement la bibliothèque en bois. Ils avaient la tête baissée sur leur feuille, on aurait dit un tableau de Rembrandt.

J'ai rejoint Jacques au Rostand, je lui ai parlé de ta peau. Que fait cette peau à l'heure où je t'écris ? Es-tu dans l'avion, que disent tes gestes, le croisement de tes jambes, le bruissement de tes lèvres ? Mon œil est attiré par tes épaules, tes cheveux blonds qui brillent dans la clarté pâle du hublot. Ils bougent dans le mouvement, ils frisent. En rentrant sous la pluie battante, j'ai acheté un agenda moleskine pour noter nos rendez-vous. Je me suis arrêtée chez le caviste. Mario m'a fait goûter des vins, je suis repartie légèrement ivre, une bouteille de saint-julien sous le bras. Tu m'en diras des nouvelles. J'ai hâte de te retrouver. Je t'embrasse.

Autodafé à Berlin

Héloïse brandit les réservations électroniques. Air France. Paris. Roissy. Berlin. Tegel. Je tergiverse, je ne sais pas si j'ai envie d'aller en Allemagne.

— La journée, tu pourras écrire à l'hôtel, profiter du spa, te promener pendant que je négocie le prix du sucre. Et, le soir, à nous Berlin !

Héloïse dort sur le siège à côté. Par le hublot, les nuages de fer frottent le soleil rougissant. Leur mouvement guette l'infini des possibles. Héloïse s'apprête à signer un gros contrat et présentera les résultats de la filiale à un parterre d'hommes en cravate. Elle ignore que dans la ville vit une femme que j'ai aimée, dix ans plus tôt. J'étais l'élève de Suzanne à la fac de lettres. Elle était beaucoup plus jeune que les autres professeurs, plus accessible. Elle avait donné son dernier cours sur la pelouse, au soleil, et nous avait offert un café. Le programme, l'écriture autobiographique de Montaigne à Rousseau, n'avait rien d'attrayant mais, avec Suzanne, *Les Rêveries du promeneur solitaire* devenaient des balades amoureuses interminables, les *Essais* un livre de chevet, un traité de tourisme. Suzanne nous embarquait tous. Je la regardais, écoutais, apprenais, lisais. J'étais comblée.

Suzanne vient me chercher au Brandenburger Hof Hotel. Je l'attends dans le grand hall où se pressent les hommes d'affaires.

— Sympathique, votre auberge de jeunesse!

On s'engouffre dans la porte tambour. Suzanne dix ans en arrière. Dix ans remplis de Paola. Les strates temporelles sont troublantes. Je me dis que l'énoncé « dix ans » tient en deux mots. Il faut à peine une décennie pour avoir trois enfants, occuper le poste d'attachée culturelle à New York, puis Berlin. Suzanne est perdue dans un grand manteau noir, je l'imaginais plus grande, le visage moins creusé. Elle me claque une bise franche, je sens sa chaleur, son parfum. Sur la place Bebelplatz, me voilà fébrile. Sous la dalle de verre encastrée dans le sol, une succession de rayonnages, une bibliothèque vide symbolise l'autodafé du 10 mai 1933. J'écoute à peine les explications, je regarde le mémorial, l'absence des livres qu'on a brûlés parce qu'ils n'étaient pas allemands. Mon regard dévie vers la ligne svelte. Un grand soleil couve une ville habituée à l'humidité.

— Je fais une visite commentée, ça vous va? Regardez ce bâtiment en forme de temple antique, c'est l'opéra. Il me fait plus penser à une villa italienne qu'à un théâtre. La façade et les soubassements sont splendides.

On reprend la marche. Je sens qu'elle a déjà servi la même soupe à d'autres. Quand on est diplomate, c'est vingt-quatre heures sur vingt-quatre. Peu importe, je me délecte de la voix. Le corps déconnecté du cerveau, j'ai du mal à écouter les mots et me concentre sur la voix. Mon ancien professeur m'emmène et enchante le réel. Suzanne a quarante ans. Elle n'a pas vieilli physiquement, mais elle a sacrifié à la raison l'aplomb et l'acidulé de la jeunesse. Ça ne rigole plus. Elle a en charge mari et enfants. La famille vit dans le nord de la ville, dans l'ancien parc de logements réservés aux généraux. Quand le Mur est tombé, les bâtiments sont restés. L'ancien appartement de réception donne sur la forêt. L'entrée distribue d'immenses pièces en étoile. C'est magnifique, c'est Berlin-Est. Son mari, John, est américain. Son atelier de sculpture occupe la moitié du logement. Il réalise des œuvres monumentales, éphémères. Longtemps, j'ai été jalouse de ce grand brun aux cheveux de jais et aux épaules carrées. Pendant la promenade, elle évoque la grave dépression de John, qui déteste l'Allemagne. L'Amérique lui manque, la gentillesse états-unienne, la vie facile quand on a l'argent pour la payer, l'optimisme, le monde des possibles.

— Êtes-vous heureuse, Suzanne ?

Elle détourne le regard. Qui suis-je pour m'aventurer vers ces régions de l'intime ? Mais je ne vous permets pas. Elle reste silencieuse, enchaîne la visite, nos pas nous mènent au bord de la Spree. Suzanne a l'allure légèrement négligée des dimanches pâles où tout est ralenti. Ce matin, elle est partie vite, laissant mari et enfants. À dix ans, son aîné a le sens de la repartie et manie l'ironie comme sa mère :

— Quand maman a le temps, le samedi matin, c'est visite de la tombe de Rosa Luxemburg. L'après-midi, c'est le musée de la Stasi !

Je regarde Suzanne, ses chaussures noires, son pantalon légèrement délavé. Si elle savait. Si tu savais les mille attentions pour notre rendez-vous, le bain brûlant pour attendrir la peau, la mousse qui déborde de la baignoire, l'eau qui s'infiltre dans les serviettes-éponges. Si tu savais la crème à la poudre de riz soigneusement appliquée sur le corps, le masque aux huiles essentielles qui fait les cheveux brillants, l'hésitation dans le choix de ma tenue. Le cachemire acheté la veille dans une boutique de Prenzlauer Berg, la veste vintage, le nouveau rouge à lèvres. Il y a dix ans, chère Suzanne, j'attendais tes lettres en frémissant. De mon appartement, je guettais le facteur. Si tu savais les scènes de jalousie de Paola à cause des lettres à l'encre violette, les paquets cadeaux Colissimo, les livres et les cahiers. Deux fois rien, mais tant de joie pour une jeune fille. Je rédigeais un travail de recherche, tu le lisais. Ça me remplissait. Tu étais mon maître à défaut d'être mon amante.

Presqu'île

On arrive de nuit. La maison blanche aux volets bleus est l'ultime espace qui relie Héloïse à ses parents.

— Je vais te présenter à beau-papa et belle-maman.

Ses parents sont enterrés dans un village du Finistère accroché entre le ciel et la mer, au bout d'une terre balayée par le vent et les embruns. Finistère, la fin de la lande, le phare du bout du monde, là où les goélands et les mouettes plongent dans l'eau poissonneuse et renaissent des eaux salées avec un lieu ou une dorade plantés bien profond dans la gueule. Héloïse est orpheline. Ses parents sont décédés d'un cancer, à cinq ans d'intervalle. Elle ne prononce jamais le terme « mort ». Ça la ramène à une réalité trop brutale. Héloïse est la seule survivante de la famille, la seule qui puisse transmettre son nom. De vingt à trente ans, Héloïse parcourt le monde pour ses études. Elle voyage partout, Amérique latine, Afrique, Asie, Europe. Elle travaille dans une plantation de fleurs et de fruits exotiques dans le Pacifique, ramasse des graines de cacao en Bolivie, mène des études sur les litchis en Malaisie, fume des joints en Hollande.

C'est la nuit dans la maison de Bretagne. Pour rompre le cycle des maisons de vacances, glaciales l'hiver et humides l'été, Héloïse est venue quelques semaines plus tôt. Elle a changé les draps, jeté à la déchetterie les objets de la mère, donné ceux qui débordent de souvenirs. Elle s'est délestée. J'adore la cuisine tout en longueur, aux tons jaune et bleu. On y mange à huit, des fruits de mer du littoral, des dorades du pêcheur du coin, heureux comme un roi sur son chalutier. On boit du rosé à partir de midi. On s'allonge au soleil dans la cour minuscule, sur les transats orange et rouges. Dans le salon trône le vaisselier breton avec une petite fille en porcelaine. Elle ferme les yeux et tient ses mains, dans un geste pieux. Elle m'effraie un peu, j'imagine un tas de légendes celtiques, des spectres réincarnés dans la figurine. J'ai horreur des poupées. À notre arrivée, Héloïse brûle de l'encens japonais. Je reste dans l'embrasure de la porte, timide. Je n'arrive pas à bouger, j'ai peur du fantôme de la mère. C'est une crainte irrationnelle, transmise par ma propre mère. En Asie, les morts existent, au même titre que les vivants.

La vie est douce dans la région, bien plus qu'à Paris. Je me sens libre d'aller et venir. Je passe mes matinées sur le port, j'écris dans les cafés. Héloïse s'occupe de sa maison, elle prend des bains de soleil, tond la pelouse. Je reviens les bras chargés de fruits et légumes de la presqu'île. Un matin, ça nous prend, on repeint tout en blanc. La maison a l'allure d'un petit gâteau posé sur une île grecque. Parfois, je vais avec le voisin à la pêche aux coquillages. On débusque les oursins à la petite cuillère, dans des criques aux eaux turquoise. Ça ressemble à un bout de Corse. On dîne de rougets grillés, on boit du rosé très frais. Un soir, Héloïse allume le barbecue, prépare des grillades. Je suis ivre, je chante, elle rit. Je la regarde, emmitouflée dans un pull-over. Le soleil se couche sur la baie de Douarnenez. Les rochers gigantesques avancent dans la mer. Le cap de la Chèvre regarde vers le sud. Bientôt, il faudra rentrer à Paris.

La dernière nuit, je suis tirée du sommeil par un rêve avec Paola. Elle est assise devant moi, elle me regarde, elle a vingt-cinq ans. Au réveil, ma bouche est sèche, mes souvenirs éteints. La femme qui dort à côté de moi ne se doute de rien. Elle semble apaisée, heureuse, ses cheveux sentent les embruns. Une sensation d'étouffement me gagne. Je ne veux pas rester ici. Je ne peux pas être en couple plus longtemps, je reprends ma liberté, je n'ai plus peur d'être seule. Les heures du matin s'installent dans la maison. Je réchauffe le café et laisse un mot à Héloïse, *au revoir, je veux, je ne peux pas*. La voix de Françoise Hardy s'étouffe dans la radio. *Et si tu crois un jour que...* Tout est calme. Les clés de la maison tombent lourdement sur les tomettes. Je regarde les tasses vides, les petites cuillères, le pot de miel. J'ouvre la porte, traverse la cour, prends le chemin côtier, m'approche des falaises. *Vous êtes une personnalité de type romantico-dramatique*, m'a dit un jour l'hypnotiseur. Non, je ne tomberai pas. Mon pied ne glissera pas. Non, je n'irai pas vers ça. Je ne regarderai pas le vide. Mon regard fixe l'océan, l'horizon, la ligne de fuite, les vagues s'accrochent aux rochers et gémissent. C'est brutal, heurté, suspendu.

Nul événement extérieur ne pourra me perturber. Je quitte Héloïse avant de me faire quitter. Elle m'appelle le soir même. Elle ne comprend pas. Je lui explique l'impossible présent, le trauma Paola. Des particules d'amour restent suspendues entre nous. Héloïse est silencieuse. La tristesse n'est pas là où on le croit. Elle se loge dans le rien, le bruissement des feuilles, le bruit du vent dans les arbres. Je ne veux plus être deux. Je ne veux pas souffrir.

Ce soir-là, Paris est désert. Je traverse le square Louise-Michel, emprunte la contre-allée, remonte la rue de Clignancourt, la rue Caulaincourt, passe devant la maison de Dalida. La promenade active des souvenirs, la géographie intime fait resurgir cette femme, rencontrée quelques mois plus tôt. Dans ma tête, tout est encore intact. Je retrouvais Jacques à Montmartre, avenue Junot. Dans la cour pavée trônaient des tables et des chaises en bois, près des bacs à fleurs. Jacques était avec une femme. Il me présenta Stella, une amie italienne de passage à Paris. Elle était superbe, quarante ans, les yeux bruns, les cheveux noirs. Nous bûmes un verre à l'Hôtel Particulier. L'adresse était aussi confidentielle que la rue bordée de maisons chics, jouxtant le petit parc. Dans les jardins, Stella commanda une bouteille de whisky, Ardberg, très bon choix. On causa délicieusement, l'air était doux. Stella vivait en Suisse. Elle adorait Montmartre. Jacques et elle s'étaient rencontrés au Salon du livre de Bologne. Il ne m'avait jamais parlé d'elle.

Les lampions des jardins diffusaient une lumière rouge. Il était tard. L'alcool aidant, l'ambiance devint électrique. Stella se pencha vers moi, me toucha le bras, me mangea l'oreille, caressa ma nuque. Quand elle m'invita à boire un dernier verre chez elle, Jacques s'éclipsa. Stella ouvrit la porte. L'appartement était blanc. Nous étions deux. Deux étrangères, de passage dans la ville. La nuit, les corps ne sont pas tout à fait identiques, ils changent selon la faim. Le grain de la peau et la langue n'ont pas la même texture. Je baisais avec Stella. J'aimais ses quarante ans. J'aimais son parfum. Elle m'ouvrait son corps, je m'en emparais, je savais que c'était la première et la dernière fois. Je touchais les bras, les doigts, les seins, les pieds, le ventre, je glissais ma langue dans le creux du cou, les oreilles, j'aimais la forme du sexe. On entrait dans la danse. Je ne savais plus où était ma peau. J'ignorais à qui appartenaient ces jambes, ces mains, ces yeux, ces cuisses, ces chevilles, cette bouche, ces poils, cette chair. J'aimais ce corps acéré, ces souffles mêlés. Aux premières lueurs du soleil, étendue contre ce corps endormi, je nous regardais. C'était un tableau vivant, un tableau de chair, un éloge du multiple. Cette nuit-là, j'étais vivante, dans la vérité des corps.

Le souvenir disparaît au rythme de la nuit. Seule, dans la ville, je suis debout, je marche, saisie par une pulsion, une puissance de vie, une joie. Peu importe le nombre, les femmes, les sexes. Je réalise que je dois me retrouver, me rencontrer de nouveau. Aucun chagrin d'amour n'empêchera ces retrouvailles avec moi-même. Pour la première fois, je suis hors de toi, hors d'atteinte.

Ouvrage composé
par CMB Graphic.
Achevé d'imprimer
sur Roto-Page
par l'Imprimerie Floch
à Mayenne, le 24 mai 2013.
Dépôt légal : mai 2013.
Numéro d'imprimeur : 84932.

ISBN 978-2-7152-3418-5 / Imprimé en France.

251897